EDA SALTÜRK

Eda Saltürk

Fairy Dust

Bibliografische Information der Deutschen Nationalbibliothek: Die Deutsche Nationalbibliothek verzeichnet diese Publikation in der Deutschen Nationalbiografie; detaillierte bibliografische Daten sind im Internet über dnb.dnb.de abrufbar.

© 2023 Eda Saltürk
Herstellung und Verlag: BoD – Books on Demand, Norderstedt

ISBN: 978-3-7460-4742-3

„Anima nos coniungit"

Kapitel 1 - Amelia

Ich war aufgeregt. Jedes Jahr war es die gleiche Aufregung, die sich morgens in mir aufbaute. Angst vor etwas Neuem. Angst, Fehler zu machen.

Ich ging ins Bad und machte mir die Haare. Es ist lächerlich, sich am ersten Tag so zu stylen, als würde man wirklich jedes Mal so aussehen, dabei hört die Motivation dazu nach zwei Wochen auf, einfach so.

Meine Sachen waren fertig gepackt und ich ging die Treppen runter. In der Küche saßen meine Eltern bereits am Tisch.

„Guten Morgen Amelia", sagte meine Mutter, während ich mich zu meinem Vater setzte, der gerade dabei war, sein Brot zu essen.

Beide sahen glücklich aus, doch ihre schnellen Blicke zueinander ließen mich denken, dass ich gleich etwas zu Ohren bekomme. Dabei musste ich schnell los. Ich nahm mir mein Frühstück und legte es in meine Tasche.

Man kommt in ein neues Schuljahr, die Lehrer beginnen mit neuen Themen. Man sieht seine Freunde wieder und man ist produktiver, eventuell. Wenn man Ziele hat. Ansonsten ist es jedes Mal das gleiche.

„Guten Morgen. Habt ihr mein Mäppchen irgendwo gesehen?"

Meine Mutter zeigte auf den Esstisch. „Dort müsste es zuletzt gewesen sein", sagte sie und da war es auch.

Ich bin manchmal mit zu vielen Dingen beschäftigt, sodass ich ab und zu Mal vergesse, wo ich was zuletzt hingelegt hatte.

„Ich muss jetzt los, sonst komme ich zu spät."

„Warte noch einen Moment wir müssen dir etwas mitteilen", rief mir mein Vater hinterher.

Ich blieb an der Garderobe stehen. Mein Gedanke zuvor täuschte mich also nicht.

„Deine Mutter und ich müssen ab heute für drei Wochen auf eine Geschäftsreise. In dem Zeitraum musst du leider allein zuhause bleiben. Du kannst uns jeden Abend anrufen und auch gerne zu Freunden gehen."

„Warum?"

Für drei Wochen komplett auf mich alleingestellt zu sein? Sie mussten oft für ein Wochenende weg, zu den Zeitpunkten blieb ich bei meinen Großeltern. Zu dem Zeitpunkt war ich aber auch erst neun Jahre alt und somit noch nicht alt genug, um mir etwas zu essen zu machen oder gar allein zuhause zu bleiben, wenn kein Erwachsener in erreichbarer Nähe war. Zwar war ich nicht darauf vorbereitet, aber Schulbrote selbst schmieren oder etwas aus der Schulmensa kaufen war kein Problem. Das schaffte ich. Meine Eltern sind sehr beschäftigte Menschen. Kundengespräche, Meetings und leider gehörte auch mal eine Geschäftsreise dazu.

„Wir müssen kurzfristig für Kollegen einspringen. Schwierig zu erklären, aber du schaffst das schon. Es ist uns nur wichtig, dass du jeden Tag, am besten abends, anrufst. So wissen wir, dass es dir gut geht und es keine Probleme gibt. Wenn du es nicht schaffst, sende eine Nachricht."

Ich nickte. Meine Aufregung stieg immer weiter an. Mit meiner Jacke in der Hand ging ich zurück in die Küche und gab beiden eine Umarmung.

„Passt gut auf euch auf", sagte ich.

„Du auch. Wir haben dich lieb", sagte mein Vater.

„Ich euch auch."

An der Schule traf ich direkt auf Isabella, meine beste Freundin seit der Grundschule. Ich umarmte sie, weil ich sie die letzten drei Wochen aufgrund ihres Urlaubs nicht sehen konnte und sie echt vermisst hatte. Wir gingen den langen, engen Schulflur entlang zu unserem Klassenraum. Durch den Trubel befreit, setzten wir uns in eine der mittleren Reihen.

Als es zur ersten Stunde klingelte saßen wir vollzählig im Raum und warteten.

Unsere Klassenlehrerin Frau Schneider betrat dem Klassenraum, aber nicht allein.

„Guten Morgen. Ab heute werden wir einen neuen Mitschüler haben. Du kannst dich gerne vorstellen."

Der Junge schaute kurz lächelnd zu ihr und dann in unsere Richtung.

„Hallo Klasse. Ich bin Louis, bin neu an dieser Schule und freue mich von nun an Schüler der 10b zu sein."

Einige Mädchen aus den hinteren Reihen begannen zu kichern. Wahrscheinlich fanden sie Louis sehr süß. Wie jeden zweiten Jungen an dieser Schule.

Er setzte sich auf einen freien Platz in der ersten Reihe und der Unterricht begann.

Nach der Schule machten Isabella und ich uns zusammen auf den Nachhauseweg. Da wir aber leider etwas weiter voneinander entfernt wohnten, mussten wir uns immer schon recht früh verabschieden. Deshalb nutzten wir jeden gemeinsamen Meter für Gespräche und Witzeleien.

Als ich zuhause ankam, waren meine Eltern bereits abgereist. Ich setzte meine Sachen ab und ging in die Küche.

Auf dem Tisch lag ein Zettel. Es war das Rezept meines Lieblingsessens. Shepherd's Pie. Ein englisches Gericht, welches wir ab und an in den Ferien bei meinen Großeltern in London essen. Wenn wir auch so Lust darauf hatten, half ich meinen Eltern dabei, somit war ich schon etwas geübt darin. Ich nahm mir alles, was ich brauchte, indem ich die Liste abarbeitete und schaltete den Herd an.

Nachdem ich auch den letzten Krümel aufgegessen hatte, räumte ich alles auf. Während ich den Topf abwusch, kletterte das goldene Sonnenlicht durch das Fenster. Obwohl ich gerade erst von der Schule nach Hause gelaufen war, wollte ich erneut raus. Ich beschloss, einen Spaziergang in dem Wald am Rande der Siedlung zu machen. Dieser war nicht weit vom Haus entfernt. Meine Eltern und ich gingen regelmäßig dorthin.

Ich ging raus und bog in eine Seitengasse, die mich wenige Meter später an einem Haus vorbei in den Wald leitete. Ich atmete die frische Luft ein und erfreute mich an dem Knacken der Zweige unter meinen Füßen. Ich liebte es, in der Natur zu sein. Die Atmosphäre war unglaublich entspannend. Der Wind rauschte sanft durch die Zweige und das Sonnenlicht fiel durch die grünen Blätter hindurch. Eine harmonische Umgebung, in der ich mich jedes Mal geborgen fühlte. Mit etwas Glück konnte man auch Eichhörnchen oder Rehe sehen.

Ich ging weiter in den Wald hinein und nach wenigen Minuten bemerkte ich, dass weit und breit keine Menschen zu sehen waren. Gerade eben noch hatte ich Spaziergänger gesehen, einige mit Kindern, andere mit Hunden unterwegs, doch jetzt schien es, als hätte der Wald sie alle verschluckt. Sogar die Geräusche klangen gedämpft. Die Vögel klangen so, als würde man sie mit einem Tuch abdecken. Merkwürdig.

Doch etwas weiter vor mir, hinter einem Baum, sah ich ein Leuchten. Neugierig ging ich darauf zu. Die Sonne selbst konnte es nicht sein. Sie stand viel zu weit oben und es gab hier auch keinen See, der ein Licht reflektieren konnte.

Als ich durch das Laub stampfte und vor dem grellen, weißen Leuchten stehen blieb wurde es stärker. So stark, dass ich meine Augen zukneifen musste. Doch dann hörte es auf. Ich schaute hin und sah zwei Schmuckstücke in einem Baumstamm eingesetzt. Ringe, um genau zu sein. Einer war mit einem rosa Stein und vier kleineren weißen Steinen besetzt, der andere hatte gar keine Steine, sondern feine weiße Verzierungen. Ich fühlte mich wie in einem Film. Irgendwann würde ein magisches Wesen auftauchen und mich als eine Auserwählte krönen. Doch das hier war pure Realität. Magie existierte nicht, aber ich fragte mich trotzdem, wie diese Ringe so stark leuchten konnten und woher sie so plötzlich gekommen waren. Oder glaubte ich bloß, dass sie so plötzlich aufgetaucht waren, dabei hatten sie die ganze Zeit hier gelegen? Ich nahm den mit den Steinen vorsichtig aus der Baumrinde und schaute ihn mir genauer an. Er war wunderschön. Hatte ich vielleicht ein Geheimversteck gefunden? Unwahrscheinlich, denn das Leuchten hätte jeder in der Umgebung gesehen. Ich schaute mich ein weiteres Mal um. Erfolglos. Niemand zu sehen. Als ich mich wieder dem Baum zuwandte, bildete sich plötzlich aus dem nichts eine goldene Staubwolke vor mir. Vor Schreck sog ich ruckartig die Luft ein, was mich sofort zum Husten brachte. Gequält kniff ich die Augen zusammen und trat ein paar Schritte zurück, wobei ich beinahe über einen herumliegenden Ast gestolpert wäre. Es kratzte in meiner Lunge und wenige Sekunden später sah ich wieder auf.

Kapitel 2 - Amelia

Ich konnte nicht glauben, was ich vor mir sah. Ein winziges Wesen kam zum Vorschein und die Staubwolke löste sich auf.

„Ich bin Rose", sprach das kleine Wesen mit hoher und zierlicher Stimme. „Eine Fee aus einer anderen Welt. Eine Welt mit einem Geheimnis."

Ich geriet in eine Schockstarre und konnte meinen Augen nicht trauen. *Eine Fee? Aus einer anderen Welt?*

Vor mir schwebte eine kleine Fee, mit rosa Kleidchen und blonden Haaren. Ihre vorderen Strähnen waren mit einer Haarklammer am Hinterkopf befestigt, was mich ein wenig an die Frisur erinnerte, die meine Mutter ab und zu trug. Ihre blauen Augen glänzten wie Saphire. Das alles konnte nur ein Traum sein.

Ich rieb mir die Augen und bemerkte schnell, dass das nichts brachte. Die Fee blieb, wo sie war.

„Du hast es geschafft", sprach sie und lächelte mich an. „Du bist die Auserwählte, die das Geheimnis lüften kann." Ihre kleinen rosa Schmetterlingsflügel flatterten gemächlich.

Meine Gedanken drohten abzudriften.

„Alles, was du zunächst tun musst, ist, einen treuen Verbündeten zu finden."

Was ist nur los?

„Bitte ... Was?"

Auserwählte? War das ihr Ernst? Gerade eben hatte ich das noch im Scherz gedacht und jetzt passierte das wirklich. Ich schüttelte meinen Kopf. Noch immer waren meine Arme eng an meinen Körper gelegt.

„Er muss so zu dir passen, dass ihr einander vertraut, kommuniziert und den bestmöglichen Weg zum Ziel findet. Eure Gedanken und Gefühle müssen sich verbinden. Alles muss einstimmig sein."

Mir blieb der Mund offenstehen. Ich schaute zu Boden und wippte auf meinen Fußballen. Ich konnte mich zumindest wieder etwas bewegen.

„Aber ... Ich kenne keine Person, die genauso fühlt wie ich, die mir so ähnelt, dass man meinen könnte, wir wären Zwillinge. So eine Person gibt es in meinem Leben nicht. Schon gar nicht männlich ..." Mein Blick wanderte wieder zu ihr.

Die Fee nahm den zweiten Ring und legte ihn mir auf die Hand. „Es muss nicht dein Zwilling sein." Sie flog zurück auf Augenhöhe. „Die Ringe sind magisch, also ist Vorsicht geboten. Deinem Begleiter musst du *diesen* Ring geben." Sie deutete auf den anderen. „Es ist ein großes Geheimnis, welches ihr tragen werdet. Du und dein Verbündeter, ihr dürft keinem davon erzählen."

Ich betrachtete die Ringe noch einmal und sah dann wieder zu ihr. „Das klingt ja alles erstmal interessant und geheimnisvoll, aber was genau soll das alles bringen?"

Ihr Lächeln verschwand. „Da gibt es ein Problem. Und das schon seit vielen hundert Jahren." Sie löste den Blickkontakt und sah zu Boden. „Wenn dieses Geheimnis nicht weitergegeben wird, ist die Heimat der auserwählten Person in Gefahr."

„Was für eine Gefahr?", fragte ich und löste mich langsam aus meiner Schockstarre.

„Ursas. Das sind schreckliche Wesen aus meiner Welt. Sie sind mehrere Meter groß und geben grauenvolle Laute von sich. Man erkennt sie an ihrem gräulichen Fell. Wenn die Zeit rennt, werden auch sie losrennen."

Ihre Erklärungen machten es mir nicht leichter, die Situation zu verstehen. „Willst du mir also sagen, wenn ich das Geheimnis nicht rechtzeitig lüfte, werden diese Wesen meine Stadt angreifen?"

„Ganz genau." Ihre Flügel schlugen schneller. „Sie werden ihren Weg hierher finden. Bisher kam es noch nicht dazu und wir dürfen das auch nicht zulassen. Du und dein Verbündeter, *ihr* dürft das nicht zulassen."

Ich atmete aus und dachte nach. Dass es Feen und eine andere Welt gibt war mir mittlerweile bewusst, auch wenn es mir noch unglaublich vorkam. Wie sie wohl aussieht und was es dort alles gibt. Aber der Gedanke, dass meine Stadt, in der ich lebte, von riesigen Wesen angegriffen wird, daran wollte ich gar nicht denken. Ich wollte dieses Geheimnis lüften, doch ich hatte ein schlechtes Gewissen und unglaublich viele Fragen.

„Wie kann ich *ihn* finden?", fragte ich sie.

„Dein Gefühl wird es dir zeigen. Vertrau mir."

Ehe ich noch weiteres fragen konnte, löste sie sich lautlos in Nichts auf. Vollkommen verdattert stand ich da, allein im Wald, im Besitz von zwei Ringen.

Verwirrt machte ich mich auf den Weg nach Hause. Ich sah die ganze Zeit auf meine Hand und konnte noch immer nichts realisieren.

Der Wald lag hinter mir und ich erreichte meine Straße. Ich vergrub die Hände in meiner Jackentasche und holte meine Schlüssel heraus.

Als ich ankam, setzte ich mich an meinen Schreibtisch und ließ alles nochmal Revue passieren. Ich konnte nicht fassen, was gerade passiert war, die Fee, die Ringe. Ich starrte abwechselnd auf meine linke Hand, wo ich den Ring mit den Steinen trug, und dann auf meine rechte, wo der andere auf meiner Handfläche lag.

Wem zur Hölle soll ich diesen Ring geben?

Was hatte es mit dieser anderen Welt auf sich? Muss ich zu ihr reisen, um das Geheimnis zu lüften? Was wird mein Begleiter denken, wenn ich ihn fände?

Diese Fragen bereiteten mir Kopfschmerzen. Der Gedanke, dass es jemand aus meiner Klasse sein könnte, hielt mich fest. Mit den Jungen aus meiner Klasse hatte ich nicht zu tun. Die einen sind laut, die anderen leise und nett, aber keiner ist mir wirklich ähnlich.
Ich legte den Kopf auf den Tisch und seufzte.
„Toller Schulstart", sagte ich zu mir selbst.
Ich hörte auf darüber nachzudenken und legte den zweiten Ring in eine kleine Schachtel, die ich in einer Schublade fand, und versuchte mich mit Hausaufgaben abzulenken.

Am nächsten Tag beschloss ich, mich in der Schule auf die Suche nach meinem *Begleiter* zu machen. Das war mir der einzige logische Ort, denn wenn die Person ungefähr in meinem Alter sein soll, habe ich hier mehrere Hundert, die es sein könnten. Nur wie sollte ich es angehen? Ich wusste nicht, was es mit diesen Ringen auf sich hatte. Ich konnte keine Umfrage starten. Jeder würde mich für verrückt halten. Die Fee hatte mir nicht mal etwas gesagt.
Den Ring mit den Steinen trug ich an meinem Finger, der andere war sicher in meiner Tasche verstaut.
Ich durfte niemandem davon erzählen. Es musste geheim bleiben. Nur ich und ... mein Begleiter durften davon wissen.
Als ich den Klassenraum betrat flüsterten alle und schauten nach vorne. Neben Frau Schneider stand wieder ein Junge, den ich noch nie zuvor gesehen hatte.
Ich setzte mich und holte meine Sachen heraus. Isabella und ich wechselten einen verwirrten Blick miteinander.
Noch ein neuer Schüler? Am zweiten Schultag?
Dann wurde es still und alle schauten nach vorne.
„Liebe Klasse, heute haben wir noch ein neues Mitglied."
„Guten Morgen. Ich heiße Aiden Wood bin bald sechzehn Jahre alt und freue mich hier zu sein."

Aiden hatte kurze braune Haare und einen ziemlich einfachen Klamottenstil, trug einen Hoodie und eine Jeans. Er wirkte selbstbewusst und überhaupt nicht nervös, stand mit geradem Rücken da und warf einen festen Blick in die Klasse. Nachdem wir ihn murmelnd zurückgegrüßt hatten, setzte er sich zu Louis in die erste Reihe und Frau Schneider begann direkt mit dem Unterricht. Ich schaute mir Aiden genauer an, um zu schauen, ob er als *Er* passen könnte. Stellte sich nur die Frage, wie lange es dauern würde, bis ich ihn ansprechen konnte.

In der Pause stand ich mit Isabella an der Treppe zu den Fachräumen. Wir aßen wie gewöhnlich unser Frühstück. Einige Jungs spielten Fußball, andere Gruppen redeten miteinander, lachten und rannten durch die Gegend. Eine kleine Gruppe von Jungs rempelte sich zum Spaß an und plötzlich hörte ich einen gellenden Schmerzensschrei. Ich drehte mich um und rannte auf die Gruppe zu.

„Er blutet", rief ein Mädchen.

„Ich hole eine Lehrkraft", sagte ich.

„Ich war Ersthelfer an meiner alten Schule", ertönte eine mir bekannte Stimme hinter mir. Es war der neue, Aiden.

„Gut, ich hole schnell einen Erste-Hilfe-Kasten und eine Lehrkraft", rief ich und rannte ins Sekretariat, wo ich einer Lehrerin Bescheid gab. Sie nahm einen Erste-Hilfe-Kasten mit und ich führte sie zu dem Verletzten. Ich gab Aiden den Kasten und die Lehrerin stellte dem Jungen ein paar Fragen. Ich kniete mich zu Aiden und wartete, ob er vielleicht meine Hilfe benötigte.

Konzentriert, aber flink nahm Aiden sich Verbandsmaterial aus dem Kasten. Während er den Jungen verarztete sah ich ihn mir genauer an, was er nicht bemerkte. Er schien sehr gepflegt zu sein. Seine braunen Haare glänzten und er roch unglaublich gut. Ihm entwich ein Schmunzeln, als er fertig war, was seine Grübchen zur Geltung bringen ließ.

Er stand auf und hielt mir seine Hand hin. „Gut reagiert. Du gehst auch in meine neue Klasse, richtig? Phillip, Henry und Louis durfte ich schon kennenlernen."

„Ja, ich bin Amelia. Schön, dass du schon Kontakt gefunden hast." Ich gab ihm meine Hand und stand auf.

Isabella rannte auf uns zu. „Hier bist du ja. Ich kam dir gar nicht mehr hinterher."

„Tut mir leid." Ich biss mir auf die Unterlippe und schaute sie an.

„Alles gut. Du hast einfach gute Instinkte", sagte Isabella.

Ich musste Lachen. „Das war nur ein kleiner Schock."

Es klingelte zum Unterricht und alle stürmten zurück in die Klassen. Wir hatten eine Doppelstunde Biologie. *Das Thema war die DNA des Menschen.* Wir hatten drei Wochen Zeit, ein Referat vorzubereiten und unsere Biolehrerin teilte die Gruppen ein. Ich hatte Angst, eventuell nicht mit Isabella in einer Gruppe zu sein, doch die ersten Namen, die sie aufrief, waren wir. Isabella und Amelia. Doch diese Gruppenarbeit sollte in dreiergruppen stattfinden und der dritte Name war Aiden. Wie der Zufall es so wollte, trafen wir wieder aufeinander.

Aiden drehte sich zu uns und nickte. Ich schmunzelte und schaute wieder zu unserer Lehrerin.

Das Referat gab mir natürlich eine weitere Möglichkeit ihn kennenzulernen. Schon in den ersten Stunden kam er mir sehr sympathisch rüber. Die Art wie er mit den Lehrern sprach oder mit den anderen aus der Klasse. Er fand direkt einen Anschluss an den Unterricht und konnte gut mitarbeiten. Was mich interessierte war, ob wir uns auch verstehen würden. Er war neu, somit konnte ich nicht allein durch den ersten Eindruck von ihm erkennen, ob er als Begleiter passen könnte.

In der zweiten Pause diskutierten wir zu dritt über das Referat.

„Sollen wir uns morgen Nachmittag treffen? Dann können wir schon mal die Texte einteilen und das Plakat gestalten", schlug Isabella vor.

„Klar, wir können uns gerne bei mir zuhause treffen", antwortete ich.
„Aiden, ich kann dir meine Adresse schicken. Ich bräuchte nur deine Handynummer."
Er nickte. „Ich kann sie dir gleich aufschreiben."
Isabella, die ihre blonden Haare zu einem hohen Zopf gebunden hatte, löste diesen auf, um sie mit ihren Fingern zu kämmen. Dabei ließ sie ihr Haargummi fallen. Aiden und ich bückten uns gleichzeitig und stoßen mit den Köpfen aneinander.
„Oh, tut mir leid", entschuldigte er sich.
„Mir tut es leid", sagte ich darauf hin lachend.
„Nichts passiert", sagte er lächelnd und legte kurz seine Hand auf meinen Arm.

Der nächste Tag war ein Mittwoch. Am Nachmittag bereitete ich im Wohnzimmer alles vor, was wir für das Referat benötigten. Stifte, das Buch und ein Tablet zur Recherche. Das Plakat wollte Isabella besorgen und Aiden wollte ein paar Bilder bei sich zuhause ausdrucken.
Als es an der Tür klingelte, stand Aiden mit einem Rucksack vor mir.
„Hallo. Bin ich zu früh?"
Ich ließ ihn rein und schloss die Tür. „Nein, alles gut. Du kannst dich setzen. Ich habe schon alles vorbereitet."
Er setzte sich auf die Couch und kramte in seinem Rucksack. „Ich habe etwas zum Schreiben mitgenommen und natürlich die Bilder. Falls wir Karteikarten brauchen, habe ich auch ein paar dabei. Sonst haben wir alles, oder?"
Ich setzte mich zu ihm. „Du scheinst dich gut vorzubereiten."
„Ja, tue ich. Referate nehme ich immer ernst."
Ich lachte sanft. „Isabella müsste auch jetzt jeden Moment da sein. Wir setzen uns dann lieber an den Esstisch. Da haben wir mehr Platz."

Er nahm seine Sachen und ich ging mit ihm zum Esstisch. Als er gerade seine Tasche auf den Boden stellte, klingelte es.

Ich huschte zur Tür und Isabella stürmte herein. „Tut mir unglaublich leid. Ich hoffe ihr musstet nicht lange warten."

„Nein, nein. Wir können direkt anfangen."

Isabella legte das grüne Plakat auf den Tisch und Aiden ordnete die Bilder darauf provisorisch an. „So müsste es doch ungefähr passen, oder? Dann haben wir genügend Platz, um etwas zu schreiben."

Isabella und ich nickten gleichzeitig. Aiden nahm sich sein Handy und machte ein Foto von der Positionierung.

Wir recherchierten im Internet, schauten im Buch nach und machten uns viele Notizen. Jeder bekam seinen Teil des Referats. Die Gestaltung nahmen wir als letztes vor, klebten die Bilder auf, zeichneten Kästchen für die Stichpunkte ein und setzten farbliche Überschriften.

„Super, wir haben heute viel geschafft, aber ich muss jetzt leider los", sagte Isabella.

„Kein Problem. Den eigenen Teil kann ja jeder für sich zuhause schreiben", sagte ich in ihre Richtung und drehte mich dann zu Aiden. „Und du? Möchtest du noch etwas bleiben?"

Er zuckte mit den Schultern.

Isabella stand auf und nahm sich ihre Sachen. „Dann bis morgen. Wir sehen uns."

Aiden winkte ihr zum Abschied und ich begleitete sie zu Tür.

„Ich kann noch etwas bleiben, nur was sollen wir noch machen?", fragte Aiden, als ich zurück in das Esszimmer kam.

Diese Frage konnten wir erstmal unbeantwortet lassen. Als ich mich gerade hinsetzte und ihm antworten wollte, bildete sich mit einem Mal eine goldene Staubwolke vor mir und ich konnte mir Aidens Reaktion schon denken.

Kapitel 3 - Amelia

Die Staubwolke ließ einige goldene Partikel auf dem Tisch zurück und ich sah Rose wieder vor mir. Sie drehte sich um und flog so nah an mein Gesicht, das ich schon beinahe schielte. Dennoch sah ich aus dem Augenwinkel, wie Aiden vor Rose zurückzuckte. Ihm musste es die Sprache verschlagen haben, denn er sagte nichts.

„Amelia", begrüßte mich Rose. „Schön dich wiederzusehen. Du hast es geschafft."

Woher kennt sie meinen Namen?

„Was?" Für einen Moment blendete ich alles aus. Auch, dass Aiden mit mir in einem Raum war und wahrscheinlich gar nicht auf die Situation klar kam.

„Wie findest du den Weg zu mir? Und woher weißt du meinen Namen?" Ich starrte sie an, verfolgte, wie sie hin und her schwebte.

„Ich weiß, dass du viele Fragen hast. Ich habe dir bereits gesagt, dass es eine andere Welt gibt, aus der ich komme. Wichtig ist erstmal, dass du ihm den Ring gibst."

Sie war eindeutig zu schnell.

„Was ist bitte gerade los?", fragte Aiden und sah mich mit großen Augen an.

„Aiden, ich ... Wie soll ich es dir erklären ich weiß ja selbst nicht mal, was gerade passiert." Ich warf Rose einen fragenden Blick zu.

„Ihr müsst wissen, dass eine große Reise vor euch stehen wird, wenn ihr die Aufgabe annehmt, sie durchzuführen", sagte die zierliche

Stimme zwischen uns. „Ihr müsst in meine Welt reisen, euch einigen Aufgaben stellen und Hinweise finden, die euch zum Ziel führen. Seid aber vorsichtig. Es herrschen andere Bedingungen als auf der Erde. "
Ich atmete einmal tief durch. „Was genau wird uns dort erwarten? Monster? Andere Fabelwesen? Wie sollen wir uns etwas vorstellen, wo wir Jahre lang dachten, dass so etwas wie eine andere Welt nicht existiert?" Ich rutschte auf meinem Stuhl hin und her, Aiden hingegen schien wie festgefroren, was dazu führte, dass wir wieder Blickkontakt hatten.
„Es ist eine Feenwelt. Es gibt nur Tiere und uns", sprach Rose weiter.
„Warte", warf Aiden nun ein. „Du siehst sie nicht zum ersten Mal, Amelia?"
Ich schüttelte den Kopf und erzählte ihm von dem Nachmittag im Wald. Er hörte aufmerksam zu, schien sogar etwas neugierig zu sein und als ich fertig war, nickte er, als sei es selbstverständlich. Ich war erstaunt, wie ruhig er das alles aufnahm.
„Verstehe."
Wir wandten uns wieder Rose zu.
„Ihr beiden tragt die magischen Ringe. Diese müssen immer bei euch bleiben. Das ist ganz wichtig. Um in die Welt eintreten zu können, müsst ihr folgenden Spruch sagen. *Anima nos coniungit* und dabei müsst ihr euch an den Händen halten. Das gleiche gilt auch für das austreten. Ohne die Ringe gibt es keinen Ausweg. Es geht nur zu zweit. Die Welt heißt Anima. Was der Name bedeutet, werdet ihr zeitnah erfahren. Wichtig ist erstmal, dass ihr euren Fokus auf die Hinweise setzt. Diese führen euch zum Ziel."
Welches Ziel? Das Geheimnis?", versuchte ich zu fragen, doch Rose verschwand, ohne mir zu antworten.
Ich atmete aus und fand wieder Aidens Augen. „Aiden … Ich weiß, die Situation ist gerade echt … aufregend. Ich bin selbst noch sprachlos und komme nicht darauf klar. Was sagst du dazu?"

Er atmete tief ein und aus und sah mich skeptisch an. „Ich weiß ja nicht ... Das überrumpelt mich gerade ... Was, wenn diese Welt nicht sicher ist? Wenn es dort Gefahren gibt. Sie sprach von anderen Bedingungen"

„Ja, sie erwähnte diese Monster. Aber diese kommen nur, wenn wir das Geheimnis nicht rechtzeitig lüften."

„Magie ... Das ... Das ist doch verrückt. Ich meine, du hast sie auch gesehen, also muss es real sein. Aber ... Das ist mir echt ein bisschen viel ..." Er fuhr sich durch die Haare. „Und Außerdem ... Was sollst du denn geschafft haben?"

Ich stand auf und zeigte mit einer Handbewegung, dass er mir folgen soll. „Ich zeige es dir."

Wir gingen die Treppen hoch auf mein Zimmer. Dort lag der Ring auf meinem Schreibtisch.

„Du kannst dich gerne auf das Bett setzen", bot ich ihm an und setzte mich an den Schreibtisch. Ich drehte mich zu ihm und hielt die Schachtel geöffnet in meinen Handflächen. „Ich habe dir ja von dem Fund im Wald erzählt. Rose hat mir gesagt, dass ich einen treuen Verbündeten, einen Begleiter, finden muss. Ich hätte ehrlich gedacht, dass das eine Ewigkeit dauern würde, weil mir einfach niemand eingefallen ist, der geeignet für die Aufgabe wäre. Anscheinend bist du der Richtige."

Er schaute mich mit großen Augen an und wir fingen beide an zu Lächeln. „Denkst du an das, was ich denke?", fragte ich und hielt die Hand vor den Mund.

„Ein Abenteuer ..."

„... wie in Filmen und Büchern", beendete ich seinen Satz und fiel lachend gegen die Lehne meines Stuhls.

„Du schaust gerne solche Filme, oder?", fragte er.

Ich nickte. „Ja, ich habe auch jede Menge Bücher. Schon als Kind fand ich das Thema spannend. Aber hätte mir jemand gesagt, dass es das wirklich gibt, hätte ich die Person für verrückt gehalten", sagte ich.

Er stützte sich mit den Händen nach hinten auf mein Bett und schaute an die Decke. Die untergehende Sonne warf ihre Strahlen durch das Fenster und tauchten Aiden in goldenes Licht, was ihn so gut aussehen ließ. In den Ferien hatte er bestimmt die meiste Zeit draußen verbracht, denn sein Teint war leicht gebräunt.

„Es erinnert mich an diese eine Serie, die ich als Kind gerne geschaut habe", sagte er und sein Blick wanderte weiter durch das Zimmer. „Die lief auf dem Kindersender, auf dem auch die Serie mit der Katze und der Maus lief, ich habe aber gerade nicht mehr den Namen im Kopf", murmelte er.

Ich überlegte, welche er meinen könnte. „Du meinst die Serie mit den Piraten, oder? Da gingen sie jedes Mal auf Mission. Ich habe die Serie *geliebt*."

„Oh, ich auch. Ich hatte sogar Bettwäsche mit dem Logo darauf."

Ich lachte.

Er setzte sich wieder normal hin und blickte konzentriert auf die Schachtel, die sich noch immer in meiner Hand befand. „Wir sollten wieder zu der Sache mit der Fee kommen", sagte er.

Ich nahm den Ring und gab ihn Aiden. Er betrachtete diesen so genau, als würde er den Stempel mit der Karat Anzahl suchen. Mit den Fingern fuhr er über die Eingravierungen, die Kletterpflanzen ähnelten. „Unglaublich, dass so etwas möglich ist. Sollen wir wirklich in diese Welt gehen?", fragte er und blickte mir in die Augen.

Ich schaute auf den Boden und biss mir auf die Unterlippe. „Ich weiß nicht. Würdest du es tun?"

Er zuckte mit den Schultern. „No risk no fun, sage ich immer, aber hier bin ich mir echt nicht sicher. Da ist mir unser Leben zu kostbar, dafür, dass wir in eine Welt gehen, die uns eine kleine Fee mit blonden Haaren schönschreibt, in der wir etwas lösen müssen, von dem wir keine Ahnung haben."

Ich verstand seinen Punkt und mein Blick fiel auf den Sonnenuntergang. Die Sonnenstrahlen trafen auch mein Gesicht, was mich ein wenig blendete. „Ich denke, wir sollten es einfach Mal ausprobieren", sagte ich.

Er schmunzelte.

Himmel, warum wurde mir plötzlich warm?

„Wir kennen uns echt noch nicht lange, aber ich glaube wir könnten uns in Zukunft echt gut verstehen. Komm. Wir schlafen eine Nacht darüber und entscheiden morgen. Ich sollte jetzt gehen." Er stand auf und wir gingen beide nach unten. Er nahm seine Sachen und ich schaute auf seine Hand. „Wir müssen gut auf die Ringe aufpassen", sagte ich.

Mit dem Rucksack über der rechten Schulter stand er im Türrahmen und sah nochmal zu mir. „Keine Sorge. Bis morgen und schönen Abend dir noch."

„Dir auch." Ich winkte zum Abschied und schloss die Tür.

Nachdem ich mir ein Brot belegte, ging ich auf mein Zimmer und probierte, bei meinen Eltern anzurufen, doch es erklang bloß die Mailbox. Ich aß mein Brot auf, machte mich bettfertig und versuchte es erneut. Dieses Mal ging meine Mutter ran und ich berichtete ihr von meinem Tag, natürlich ohne die Sache mit der Fee zu erwähnen. Als ich aufgelegt hatte, dachte ich noch einmal an Aiden, Rose und die Reise, auf die wir uns möglicherweise einlassen. Es dauerte lange, bis ich einschlief, denn meine Gedanken schwirrten durch meinen Kopf und mein Herz pochte ganz laut. Ich konnte den nächsten Tag kaum abwarten.

Am Schultor traf ich auf Aiden. Seine kurzen braunen Haare waren heute etwas anders. Sie waren leicht nach rechts gegelt. Er trug einen hellblauen Pulli, was ich direkt bemerkte, da es einer meiner

Lieblingsfarben war. Allgemein fiel er in der Masse durch seine Ausstrahlung auf. Er hatte immer ein Lächeln im Gesicht.

„Morgen", sagte er.

„Guten Morgen."

Er schmunzelte. „Ich warte noch auf Henry und Phillip." Er zeigte zu den Fahrradständern.

„Alles gut, ich kann warten. Isabella kommt heute nicht. Sie ist leider etwas angeschlagen und liegt im Bett."

Im Chemieunterricht hatten wir ein Experiment zum Thema „Salze" durchgeführt. Als uns der Lehrer nach der Auswertung fragte, zeigte er in meine Richtung. Doch als ich gerade dabei war meine Antwort vorzustellen, hörte ich Aiden, der vor mir saß, auch seine Antwort vorlesen. Mit einem Lachen, in das ich einstimmte, drehte er sich zu mir um. Herr Schröder prustete und stützte seine Hände auf dem Pult.

„Das sollte nicht passieren. Amelia, du bitte zuerst und danach kannst du auch gerne deine Antwort vorlesen, Aiden", sagte er.

Nach der Stunde wartete Aiden vor dem Fachraum auf mich, um mit mir in die Pause zu gehen.

„Ich möchte kurz in die Mensa. Willst du mitkommen?", fragte ich ihn auf dem Gang.

„Ja, ich kaufe mir vielleicht auch etwas."

An der Schlange warteten wir, bis wir drankamen. Wir kauften uns beide jeweils ein mit Käse überbackenes Baguette, was an unserer Schule das Highlight war.

„Unglaublich. Es riecht jedes Mal so gut", schwärmte ich als wir das Gebäude verließen und biss ein Stück ab.

„Viel besser als an meiner alten Schule." Aiden deutete auf das Baguette. „Bei uns gab es immer nur so Sandwiches, die waren aber nicht so gut."

Als er seine alte Schule ansprach, nutzte ich die Gelegenheit, um ihn etwas zu fragen. „Was war eigentlich der Grund für deinen Schulwechsel?"

Er schluckte seinen Bissen runter. „Meine Eltern sind beruflich hierhergekommen. Sie arbeiten in der Nachbarstadt, aber unser Haus steht in dieser. Es hat sich nichts Besseres ergeben, denn es war schon seit einiger Zeit geplant. Mit dem Auto sind es knapp fünf Stunden in meine Heimat, da ist es schwierig, meine Freunde zu besuchen."

Ich sah ihn besorgt an. „Vermisst du sie?"

Er schaute bedrückt auf den Boden und schob einen Stein zur Seite. „Klar, aber was soll ich machen? Es ging leider nicht anders."

Es erinnerte mich ein wenig an meine Eltern und die Geschäftsreise. Manchmal kann es echt hart für ein Kind sein, Freunde und Heimat zu verlassen.

„Aber, wenn das alles nicht passiert wäre, hätte ich dich nie kennengelernt. Wahrscheinlich hätte ich auch niemals von diesem Geheimnis erfahren. Du weißt schon."

Dieser Einschub ließ mich einerseits schmunzeln, andererseits schaute ich nachdenkend zu Seite. „Wollen wir es versuchen?"

„Wenn ich das richtig verstanden habe, führen uns diese Hinweise, die wir finden müssen, zum Ziel. Das bedeutet, dass es uns nicht so einfach gemacht wird", sagte Aiden. „Aber ich habe im Bett darüber nachgedacht. Ich möchte nicht, dass unserer Stadt etwas passiert."

Ich nickte und presste die Lippen aufeinander. „Es klingt … aufregend. Ich glaube wir sollten es wirklich ausprobieren. So eine Chance bekommen wir nicht noch einmal. Die Zukunft unserer Stadt, oder der Erde, liegt in unseren Händen. Bleibt nur noch die Frage, wie wir anfangen sollen."

„Wir können heute gemeinsam in den Stadtpark gehen, um uns einen ruhigen Ort für den Eintritt zu suchen. Ich bin wahrscheinlich bis abends allein zuhause."

Ich überlegte kurz, ob ich ihm sagen sollte, dass ich für ein paar Wochen allein war.

Wenn das mit Anima, der Welt, funktioniert, müssen wir uns wahrscheinlich öfter Treffen ...

Ich hob mir das für einen besseren Zeitpunkt auf. Nach der letzten Stunde verließen wir das Schulgebäude.

„Willst du vielleicht erstmal nach Hause und etwas essen, bevor wir ... du weißt schon?", fragte Aiden.

Jetzt konnte ich es ihm mit meinen Eltern sagen. „Ich bin für drei Wochen allein zuhause, damit du Bescheid weißt, falls wir öfter in die Welt müssen. Ich glaube, ich gehe-"

„Wenn du möchtest, kannst du mit zu mir kommen. Meine Eltern hätten sicher nichts dagegen", warf er freundlich ein und hielt erwartend den Augenkontakt.

„Äh, nein, nein alles gut. Ich glaube ich gehe heute zu meiner Oma. Aber lieb, dass du mir das anbietest. Wann genau treffen wir uns?"

„Drei Uhr am Eingang?"

„Ja. Das mit dem ruhigen Ort ist eine gute Idee. Wer weiß wie das abläuft. Rose hat uns nicht wirklich etwas erzählt. Vielleicht taucht sie nochmal auf ... Hoffentlich ... Ich bin aufgeregt musst du wissen", sagte ich und fuhr mir durch meine braunen Haare.

„Ich bin es genauso, Amelia." Aiden winkte mir zum Abschied.

Nachdem ich bei meiner Oma gegessen hatte, kam ich am Park an und sah Aiden schon auf mich zukommen. „Hey."

„Hi. Komm, wir dürfen nicht zu viel Zeit verlieren."

Aiden folgte mir. Wir schauten uns nach einem ruhigen Ort um und wurden fündig. An einem großen Rosenbusch in der Nähe von einem kleinen Teich blieben wir stehen. Nebenan war ein kleiner Wald, aber diese Stelle war unauffällig am anderen Eck des Parks.

„Bereit?", fragte er.

Wir waren uns sehr nahe. Es machte mich nervös. Er zeigte keine Scheu, mir so nahe zu kommen. Er nahm meine Hand und ich atmete tief aus. Meine Hände kribbelten und ich nickte schmunzelnd.

„Wir schaffen das", flüsterte er und schmunzelte zurück und wie Rose uns erklärt hatte, sagten wir gleichzeitig den Spruch *Anima nos coniungit*. Nach nur zwei Sekunden fühlte ich mich schwer. So ganz in sich zu gehen war gar nicht so leicht. Ich hörte einen leisen Ton, wie das piepen eines Fiebermessgerätes und öffnete meine Augen. Ein zischen ertönte und ein Windstoß schoss durch meine Haare. Unsere Füße hoben vom Boden ab und wir bewegten uns auf eine dichte goldig glitzernde Wolke zu. Als sie weg war, konnte ich Aiden wieder sehen. Wir landeten sanft auf einem ebenen Untergrund.

Wir schauten uns um und…

Wow.

Unglaublich.

Wir standen auf einem großen Hügel. Vor uns lag ein kleiner See, indem sich der strahlend blaue Himmel spiegelte. Nicht allzu weit von uns entfernt ragten graubraune Berge in den Himmel hinauf, deren Spitzen mit Schnee bedeckt waren und überall blühte es schöne und außergewöhnlich aussehende Blumen. Sie waren etwa so groß wie ein Teller und sie strahlten in verschiedenen Farbkombinationen. Nahezu exotisch. Türkis und Rot, Blau und Violett. Grün und Rot. Die Oberflächenstruktur fühlte sich an, als würde man über einen rauen Teppich streichen.

„Vorsicht. Nicht, dass sie giftig sind", sagte Aiden. „Ihr Aussehen gibt mir ein komisches Gefühl."

Ich wischte mir die Hand an der Hose ab. Unsere staunenden Blicke kreuzten sich.

Vögel flogen an uns vorbei und landeten auf einer übergroßen Tanne. Aber am Himmel flog noch etwas anderes. Rose und … noch eine Fee. Eine männliche. Er hatte kurze braune und strubbelige Haare und trug eine Hose, die an den Enden leicht zerrissen war. Wie sein grünes T-Shirt, welches er trug. Er erinnerte mich komischerweise an meinen Vater. Die Form des Gesichts, die braunen Haare...

„Amelia! Aiden! Ihr habt es geschafft. Herzlich willkommen", begrüßte uns Rose mit einem breiten Lächeln. „Jetzt muss ich euch etwas erklären. Wie ihr wisst, müsst ihr ein Geheimnis lösen. Dabei müsst ihr aber ein paar Dinge beachten. Denn wenn ihr einmal einen Fehler begeht, ist die Reise vorbei und das Geheimnis werdet ihr nicht erfahren können. Also passt gut auf euch auf."

„Es ist außerdem gut zu wissen, dass hier vieles passieren kann, was man nicht erwartet. Das macht die Welt so besonders. Alles ist unvorhersehbar", sagte die männliche Fee, die wie ein kleiner Junge in einer Kinderserie klang. „Die Ringe sind der Schlüssel zu dieser Welt. Keine anderen Gegenstände könnten sie ersetzen."

Wir nickten gleichzeitig.

„Eure erste Aufgabe wird sein, zu den Bergen zu gehen. Dort findet ihr euren ersten Hinweis. Diese führen euch zu anderen Orten, wo ihr weitere findet", fuhr die männliche Fee fort.

Klang spannend. Aber gleichzeitig spürte ich eine Aufregung und Angst in mir. Was wenn etwas passierte und wir nie wieder rauskämen. Was wenn wir einen Fehler machten und…

„Amelia?"

Aiden stand vor mir und legte seine Hände auf meine Schultern.

Der Junge hatte auch echt keine Angst vor Berührungen.

„Ich habe nachgedacht. Tut mir leid. Habe ich etwas verpasst?", fragte ich.

„Jedes Mal, wenn ihr die Welt an einem Ort verlasst, kommt ihr beim nächsten Mal genau dort wieder hin", erklärte Rose. „Wenn ihr mal in einer heiklen Situation stecken solltet und nicht weiterwisst, dann könnt ihr eure Gedanken mit einfließen lassen. Ein gemeinsamer

Gedanke wäre ein guter Anfang. Wenn ihr dann noch gemeinsam handelt, werdet ihr jeder Gefahr entkommen können."

„Gut. Vielen Dank, Rose", sagte ich und verschränkte die Arme hinter meinem Rücken und schmunzelte.

„Viel Vergnügen und haltet die Augen offen."

Die beiden flogen davon und lösten sich in einer Staubwolke auf.

Nachdem sie weg waren, drehte ich mich zu Aiden. „Wollen wir los?

„Ja, wenn du bereit bist", sagte er und zwinkerte mir zu, was meinen Bauch kribbeln ließ.

„Bin ich." Ich lachte.

„Gut. Auf geht's."

Wir rannten den Hügel runter, der an einem lichten Wald vorbeiführte. Die Sonne schien zwischen den Bäumen hindurch und das Grün der Blätter funkelte. Fasziniert beobachtete ich, wie ein kleiner grauer Hase durch die Büsche hoppelte.

Wir folgten einem kleinen ausgetretenen Pfad, doch dieser endete plötzlich. Statt des Pfads lag ein Feld voller Steine vor uns.

„Warte Mal", sagte Aiden.

Ich blieb stehen.

„Was ist das?", fragte er.

„Was meinst du?"

„Da ist so ein dumpfes Geräusch hinter oder ... unter uns."

Ich konnte es auch hören. Ein tiefes Rumpeln und Dröhnen. Es wurde immer lauter. „Was sollen wir machen, Aiden?" Mir wurde mulmig zumute.

Plötzlich erschütterte ein Beben die Erde und ich verlor das Gleichgewicht. Ich fiel auf meine rechte Seite und sah panisch zu Aiden. „Aiden!"

Er sagte etwas, aber ich hörte es nicht. Er kauerte neben mir und die Steine bewegten sich, das Dröhnen wurde lauter und lauter und wir rutschten immer weiter voneinander weg. Ich versuchte verzweifelt, mich an einem Felsen festzuklammern, und gerade, als ich eine scharfe Kante packte, löste sich der Boden unter mir in Nichts auf.

Ich schrie.

Ich fiel.

Es endete nicht.

Wir fielen.

Wir fielen tief.

Kapitel 4 - Amelia

Vor Panik hatte ich meine Augen geschlossen, da der Wind mir so stark ins Gesicht peitschte.

Es fühlte sich an wie ein endloser Sprung eines Sprungbretts. Es hörte nicht auf. Doch ich nahm eine grelle Helligkeit durch meine Lider wahr. Mein Finger begann zu kribbeln und ich spürte eine leichte wärme. Als ich meine Augen wieder öffnete, sah ich, dass es mein Ring war. Und auch Aidens Ring strahlte hell.

„Amelia! Einfach daran denken, zu fliegen! Wir müssen Roses Tipp mit dem Gedankenverbinden befolgen! Nur zu zweit ist es möglich!"

Ich dachte daran, wie es wäre, jetzt zu fliegen und ... er hatte recht. Ich stoppte und begann vor Erleichterung zu lachen. So stark, dass mir eine Träne floss. Wir schwebten. Nur unsere Ringe brachten ein bisschen Helligkeit ins Nichts hinein.

Ich fühlte mich wieder schwer. Es war so merkwürdig, die Füße nicht auf festem Boden zu haben.

Aiden schaute sich nachdenkend um. „Wie kommen wir jetzt hier wieder raus? Der Riss muss sich wieder zugezogen haben", sagte er. „Vielleicht liegt es aber auch an der Dunkelheit, dass wir nichts erkennen können."

Ich begab mich plötzlich und ungewollt in eine Liegeposition, was ziemlich unangenehm war, denn wir schwebten noch immer im Nichts. Als ich über die rechte Schulter zu Aiden schaute, war er auch in dieser Position. Mit einem Mal hörten wir wieder das Dröhnen und Ruckeln unter uns.

Ein Wind kam auf und etwas Hartes drückte uns in rasender Geschwindigkeit nach oben. Ich spürte es am ganzen Rücken. Trotz des Drucks in meinem Rücken spürte ich, dass ich gleichzeitig von etwas gezogen wurde. Es schlang sich um meine Arme und Beine, so als würde man mich mit festen Gurten anschnallen. Es raubte mir allmählich den Atem.

Ich schloss die Augen.

Wie auf einer Achterbahn stoppte es plötzlich und ließ meinen ganzen Körper für einen kurzen Moment stillstehen. Ruckartig öffneten sich meine Lider und ich sah, dass wir von einer übergroßen grünlichen Pflanze eingewickelt waren, die aus der Tiefe der Schlucht ragte.

Mein Herz raste.

Mein Blick starrte in den Himmel und mir wurde schwindelig. Diese eigenartige große Pflanze ließ uns wieder frei, doch ich lag noch auf ihr. Ich versuchte, mich in eine Sitzposition zu bringen, doch die Fläche, auf der ich lag, war hart und glitschig zugleich. Wie auf einem Katapult wurde ich nach hinten versetzt und mit voller Wucht nach vorne geschleudert.

Doch es änderte sich nichts. Wir steuerten weiter auf die Wiese zu. Meinen Körper zu kontrollieren war unmöglich. Der Fall war viel zu schnell. Ich sah mit gekniffenen Augen nur noch ein grelles Grün. Und dann knallte es.

Mein Bewusstsein verschwand für einen kurzen Moment. Ich öffnete wieder die Lider und spürte, dass es unter mir ganz elastisch war. Es erinnerte mich an Polyestergewebe von Hüpfburgen, wenn ich darüberstrich. Dann schaute ich mich hektisch um und sah wenige Meter neben mir Aiden. Bewusstlos.

Ich versuchte auf die Beine zu kommen. Leicht humpelnd fiel ich neben ihm auf die Knie und fasste mit beiden Händen seinen Kopf. Er war blass und kühl.

„Aiden!" Ich rüttelte sanft an seinem Arm. „Aiden hörst du mich?", fragte ich.

Er begann sich leicht zu bewegen und fasste sich an die Stirn. „Wie … Was?"

Erleichtert atmete ich aus. „Du lebst. Wir sind auf einer … ja was ist das … Wiese gelandet. Wir haben es überlebt."

Er versuchte sich wieder aufzurappeln und fuhr sich durch die Haare. „Mir geht es gut. Nach dieser plötzlichen Pflanzen-Monster-Umschling-Aktion war es für mich vorbei."

„Diese Wiese fühlt sich an wie eine Hüpfburg. Diese Welt scheint echt anders zu sein. Wer weiß, was es hier sonst noch gibt. Diese Pflanzen waren ziemlich … creepy. Mir blieb beinahe die Luft weg", sagte ich.

„Was denn für Pflanzen?", fragte er.

Ich stand auf, um es ihm zu demonstrieren. Ich erklärte ihm, was es für eine gigantische Pflanze war, was sie mit uns gemacht und in mir ausgelöst hatte.

Er lachte über meine hektischen Armbewegungen. „Schade, dass ich es nicht selbst gesehen habe. Deine Erklärung ist … witzig."

Ich sah ihn an. „Ernsthaft?", fragte ich lachend.

Aiden lachte leicht.

Ich schaute zu den Bergen am Horizont. Dort sollten wir laut Rose nach dem ersten Hinweis suchen. „Lass uns dort entlang", sagte ich und deutete in die Richtung. „Vielleicht stoßen wir ja auf einen Weg."

Die Berge kamen viel schneller auf uns zu, als es eigentlich möglich war. Sicher hätten wir den ganzen Tag gebraucht, sie zu erreichen, doch es dauerte weniger als eine Stunde. In dieser Zeit sahen wir die Verrücktesten Dinge: Eichhörnchen, Füchse und eine Dachsfamilie, aber keine gewöhnlichen. Deren Fell glitzerte. Die Blumen mit den wildesten Mustern aus Streifen, Punkten oder Schnörkeln. Und Kleine Bäche, in denen keine Kiesel, sondern Edelsteine lagen.

Das Gelände stieg stetig an, immer mehr Felsuntergrund verdrängte das Gras. Ich musste mehrmals anhalten, um zu verschnaufen. Wir orientierten uns an der Sonne, denn von allen Felswänden und Gipfeln, die sie anstrahlte, sah nur eine Stelle so aus, als würde sie etwas Besonderes sein. Der Fels dort war heller, fast weiß, und glitzerte im Sonnenlicht. Doch um diesen zu erreichen, mussten wir noch ein wenig klettern. Als wir endlich dort angekommen waren, erkannte ich, dass es sich um eine Art Edelstein handeln musste, der aus dem Grau herauswuchs. Aiden und ich teilen uns auf, um nach dem Hinweis zu suchen. Er musste einfach hier sein.

„Hier ist etwas, Amelia.", rief Aiden von etwas weiter weg.

Ich lief schnell zu ihm. „Du siehst nicht so aus, als wärst du aus der Puste von der ganzen Suche."

„Übungssache. Ich mache Leichtathletik. Anders gesagt, ich habe aufgehört, werde aber mit meinem Vater weiterhin trainieren. Ich bin gerade auf der Suche nach einem Verein hier in der Nähe."

Sportlich schien er auch zu sein. Das gefiel mir.

„Das bedeutet, wenn uns hier ein Monster jagen würde, könntest du mich auf den Arm nehmen und dann einen Sprint durchziehen, bis das Monster erschöpft ist?", fragte ich und musste lachen, als ich seinen verwirrten Blick sah.

„So krass jetzt nicht, aber einen Sprint kann ich durchziehen. Es sei denn, das Monster hat endlose Energie. Dann würde ich in der nächsten Ecke liegen."

Ich lachte. „Jetzt aber der Hinweis", sagte ich und versuchte die Schrift zu entziffern. *„Ein See aus Tränen zeigt, wie wichtig Zusammenhalt in kürzester Zeit ist."*

„Hm. Scheint wohl so, dass wir zu einem See müssen. Solche Spiele haben wir uns immer in der Grundschule ausgedacht." Mit einem Grinsen drehte er sich zu mir um. „Manchmal waren wir so vertieft darin, die nächsten Hinweise zu finden, dass wir fiel zu spät zum Unterricht kamen", erzählte Aiden stolz.

„Süß. Wir haben so etwas zwar nie gemacht, aber es kling nach Spaß. Wenn das so sein sollte, erlebe ich es jetzt in *magischer* Version." Ich löste kurz den Blick und sah auf den Felsen. „Isabella und ich waren lieber unter uns. Aber das wollten wir so. Wir hatten immer unglaublich viel Spaß zu zweit." Ich seufzte. „Die Grundschulzeit war wirklich die schönste Zeit. Ich vermisse sie, aber das Leben geht weiter." Ich warf Aiden einen Blick zu und er streckte den Rücken durch. „Jetzt habe ich ein Abenteuer gemeinsam mit dir. Hätte das jemand zu meinem Grundschul-Ich gesagt, hätte ich diese Person für verrückt gehalten."

Er nickte lächelnd. Die Sonne fiel auf seine Augen und ich verlor mich in ihrem Anblick. Sie waren wirklich schön. Ich freute mich darüber, dass Aiden mir das Gefühl gab, ein guter Zuhörer zu sein. Bisher hatte ich mit Jungs nie so offen kommunizieren können, doch mit ihm war das ganz einfach. Und dabei hatten wir noch nicht viel Zeit miteinander verbracht. Ich spürte Geborgenheit, obwohl wir uns in einer ungünstigen Situation an einem ungünstigen Ort befanden. Als sich Aiden dazu bereitmachte, den Rückweg anzutreten, sammelte ich mich wieder und folgte ihm.

Das ging deutlich schneller und einfacher, aber trotzdem lief ich nicht so locker wie Aiden, der Leichtathletiker.

Obwohl ich mindestens vier Mal die Woche Sport mache, habe ich nie darüber nachgedacht, später mal an Bergen zu klettern.

„Machst du irgendeinen Sport?", fragte er mich, als hätte er meinem Gedankengang gefolgt.

„Ich mache das meistens von zuhause aus. Zusätzlich fahre ich regelmäßig Ski mit meinen Eltern. Das aber nur in den Ferien." Ich versuchte, mit Aiden Schritt zu halten. „Ich bin mehr so der Einzelsportler. Im Team zu spielen war nie mein Ding, deshalb habe ich auch nie etwas ausprobieren wollen. Ich habe Volleyball gespielt, doch ich habe mich immer schlecht gefühlt, wenn ich einmal einen Fehler im Spiel gemacht habe." Der Gedanke an das Team könnte mich glatt wieder wütend werden lassen, doch ich blieb locker. „Wir hatten keinen richtigen Teamgeist und ich wurde nicht motiviert, sondern runtergezogen und angemeckert, obwohl es nur ein Spiel war. Ich nehme auch nicht mehr gerne an Wettkämpfen oder Spielen teil."

Aiden wagte einen Sprung von einer Höhe, doch ich rutschte den Felsen lieber herunter. Ich war froh, dass er wartete, ließ es mir aber nicht anmerken. „Ich bin eine Zeit lang regelmäßig geschwommen, habe alle Abzeichen gemacht, doch vor zwei Jahren hat es mir keinen Spaß mehr gemacht und ich wollte in eine andere Richtung einschlagen."

„Das klingt blöd. Aber ich kann dich total verstehen. Ich hätte das auch nicht mehr mitmachen können." Aiden fuhr sich durchs Haar. Nachdem er wieder von einem Stein sprang, sprach ich weiter. „Ich mache Workouts. Mein Vater hat auch einen kleinen Raum eingerichtet mit ein paar Geräten. Das ist nicht mit einem Fitnessstudio zu vergleichen, aber ich habe dort trotzdem mein Equipment, wie Matte oder andere kleine Fitnessgeräte."

Er lächelte und hielt mir die Hand hin, als er sah, dass ich damit kämpfte zu entscheiden, ob ich auch springen wollte. Ich nahm seine und traute mich zu springen. „Danke." Ich wurde leicht rot und wandte den Blick ab, als wir weitergingen.

„Ich wurde immer gefragt, warum ich kein Fußball spiele, weil das so ein beliebter Sport ist, aber ich war nie an Ballsportarten interessiert." Er hob einen kleinen Stein auf und betrachtete ihn, ehe er ihn wieder fallen ließ. „Ich wollte schon immer Leichtathletik machen. Ich habe mich dabei immer frei gefühlt."

Wir ließen die Berge hinter uns und die Landschaft wurde immer flacher. Das Gras auf den Wiesen wurde höher und die Sonne ging langsam unter.

„Glaubst du wir schaffen es zu fliegen?", fragte er mit einem Grinsen.

„Glaubst *du* denn, dass wir das hinkriegen?", erwiderte ich und neigte den Kopf.

„Wir könnten es mit einem gemeinsamen Gedanken probieren. Was hältst du davon?", schlug er vor.

„Gute Idee. So finden wir den See bestimmt schneller."

Er nahm meine Hand. Ich zuckte leicht, als er mich berührte und schaute ihn überrascht an. Das hatte ich nicht erwartet.

Ich dachte daran, wie wir durch die Gegend fliegen würden. Er dachte an das gleiche, denn wir hoben gleichzeitig ab und flogen mehrere Meter über dem Boden. Mit den Armen an den Seiten unseres Körpers lagen wir in der Luft. Das Gefühl war deutlich entspannter und sanfter als in der Schlucht. Trotzdem musste ich noch ein wenig üben. Ich fühlte mich wie ein Flugzeug mit starken Turbulenzen.

Aiden hatte ein viel besseres Gefühl fürs Fliegen. Er sah so aus, als würde er das regelmäßig tun.

Meine Haare waren überall, nur nicht da, wo sie sein sollten.

Aiden schnaubte lachend. „Ruhig bleiben. Du musst es fühlen." Er hatte meine Hand noch immer nicht losgelassen und nahm jetzt noch die andere. Mein Herz machte einen Satz. Mich stresste mein Aussehen schon genug und diese weitere Berührung von ihm schien mir den Rest zu geben.

„Versuch am besten einmal kurz stehen zu bleiben."

Lustig. Aber ich verstand, was er meinte. Also versuchte ich in der Luft anzuhalten. Irgendwie. Als ich es aus irgendwelchen Gründen schaffte, schmunzelte er. „Du musst nur ein Gefühl dafür entwickeln. Das, was du spürst, musst du dann geschickt im Gehirn lenken. Verstehst du, was ich meine?" Er ließ meine Hand los und flog vor.

Ich kam mir wie ein Kind vor, dass gerade laufen lernte, doch Aiden lachte mich nicht aus. Im Gegenteil, er wollte mir wirklich helfen. Ich war erstaunt, dass er es so gut konnte, obwohl wir es zum ersten Mal machten. Er half mir, und hatte auch immer einen Vorschlag bereit, obwohl *ich* doch diejenige war, die von Rose aufgesucht worden ist. Ich schloss meine Augen und genoss das leichte Gefühl des Fluges. Ich lachte sanft und versuchte ein paar Drehungen zu machen. Als ich eine kleine schaffte, versuchte ich schneller zu werden, in dem ich meinem Körper einen kleinen Ruck nach hinten gab, und flog weiter.

„Du kriegst mich nicht!", rief ich ihm über die Schulter und er gab auch Gas.

„Na warte!" Lachend holte er mich ein. „Was sagtest du nochmal?", fragte er und grinste selbstsicher und hob die Augenbrauen.

Ich konnte mich vor Lachen nicht mehr halten. „Okay, du hast gewonnen. Schau mal da unten."

Ich zeigte auf ein großes Gewässer direkt unter uns. Fast schon unheimlich. Tiefenblau. Beim Fliegen habe ich kaum nach unten geschaut, doch ich bekam ein unwohles Gefühl und wollte schnell landen. Die Entfernung des Bodens war unglaublich weit. Im Flug fiel mir das gar nicht so auf, weil ich mich viel mehr auf meine Gedanken konzentrierte. Wir hatten bereit eine weite Strecke abgelegt, also ergab es keinen Sinn, umzudrehen. Am Ufer lag ein gigantischer Wald. Dicht bewachsen und mystisch grün.

Vorsichtig flogen wir nach unten und setzten beide Füße auf den Sand am Ufer auf. Zufrieden betrachtete Aiden die Umgebung. „Gut, wir haben heute ganz schön viel erlebt. Diese Welt ist wirklich ... anders."

„Ja, ich denke es reicht für heute. Ich bin immer noch etwas durcheinander", sagte ich.

„Wir sollten auch besser ausgerüstet sein. Bessere Kleidung und vielleicht noch etwas zu essen."

Ich lächelte ihn an. „Gute Idee."

Er nickte. „Alles klar. Dann wollen wir mal schauen, ob wir es hier sicher rausschaffen", sagte er das Lächeln erwidernd und nahm wieder meine Hand.

Okay, das wurde dann allmählich zur Gewohnheit... doch es gefiel mir ... zu gut.

Ich stand vor meiner Haustür. Aiden hatte mich hierher begleitet. Es wurde schon dunkel und er wollte mich nicht allein gehen lassen, was unglaublich süß von ihm war.

Ich nahm meinen Schlüssel und war gerade dabei aufzuschließen, als mir etwas einfiel, was ich noch unbedingt loswerden wollte. „Aiden, ich weiß wir kennen uns erst seit nicht mal einer Woche, aber ich wollte mich kurz bei dir bedanken, dass-"

Er lächelte. Seine Hände hatte er in den Hosentaschen und den Kopf leicht zur Seite gebeugt.

Ich hielt für einen kurzen Moment inne, weil mich sein Lächeln so ... Ich konnte fast spüren, wie lieb er es mit dem heutigen Tag meinte. Seine Hilfe beim Fliegen und seine Aufmerksamkeit. Ich versuchte meine Gedanken wieder zu sortieren. „Ich ... wollte sagen, dass-"

„Schon gut, du brauchst dich nicht bei mir bedanken. Ich habe nur das getan, was ein wahrer Freund tun würde."

Er fuhr sich durch die Haare und schaute kurz auf dem Boden und trat dann einen Schritt zurück. „Wir haben eine große Aufgabe vor uns, bei der wir nicht genau wissen, was uns am Ende erwartet. Das wird aufregend. Mir ist wichtig, dass sich die Menschen in meiner Gegenwart wohlfühlen. Und du ... du bist mir in der sehr kurzen Zeit ans Herz gewachsen, Amelia."

„Trotzdem möchte ich mich bei dir bedanken ... Danke für alles heute."

Er lachte sanft. „Gern geschehen. Schlaf gut."

Kapitel 5 - Amelia

Wir kamen an der gleichen Stelle an, wo wir Anima das letzte Mal verlassen hatten. Am Ufer. Neben uns lag der dichte Wald.

Wir betraten ihn und schauten uns um. Einen Augenblick später wuchsen Bäume in rasender Schnelle hinter uns und schlossen den Eingang. Es gab keine Möglichkeit den Wald in die Richtung zu verlassen. Es war wie ein Käfig um uns herum. Ein viel zu dunkler Käfig. Vor uns lag ein Pfad, der aber nicht mit dem Weg zuvor zu vergleichen war. Das Unkraut, der sich am ihm entlang bildete, wirkte farblos, doch da flatterte ein violetter Farbfleck darüber. Es war eine Meise. Ich beobachtete, wie sie ihre kleinen Flügel spreizte und hinauf in die Krone eines Baumes flog. Dort und auch in anderen Bäumen sangen andere bunte Vögel und als wir weitergingen, sah ich, dass auch am Boden reges Leben herrschte. Glänzende Käfer krabbelten über totes Holz und in der Ferne verschwand gerade eine Dachsfamilie zwischen hohen Farnen.

„Der Rückweg ist versperrt, bleibt uns wohl nichts anderes übrig, als hier durchzugehen", sagte ich. Wir standen beide stumm da und blickten zu den Bäumen.

„Allerdings ...", antwortete er.

Wir starten unsere Suche, indem wir uns trennten und jeweils auf der anderen Seite des Weges nach dem nächsten Hinweis suchten. Unter gefallenen Bäumen, hinter Büschen und auf Hügeln war nichts zu finden. Weder auf der linken Seite noch auf der rechten. Doch dann erfasste ich blickend ein Stück Holz hinter einem Stamm. Auf diesem Stück war etwas eingraviert. Ich guckte mich nach Aiden um und rannte auf die andere Seite des ausgetrampelten Pfads, wo er sich weiter umschaute. Unter meinen Füßen knackte es.

Ich hüpfte zu ihm und zeigte ihm meinen Fund. „Ich habe ihn gefunden."

Er nahm es in die Hand und drehte es. „Sehr gut. Kannst du das entziffern?"

Ich beugte mich zu ihm rüber und fuhr mit meinem Finger über die eingravierten Buchstaben. „*Hilfsbereitschaft kennt keine Grenzen.* Das muss es sein."

„Was könnte damit gemeint sein?", fragte er.

„Vielleicht ist hier etwas im Wald, was unsere Hilfe benötigt. Wir müssten nur herausfinden, wer oder was damit gemeint sein könnte."

Er kratzte sich das Kinn. „Könnte sein. Diese Schnitzeljagd scheint etwas rätselhafter zu sein. Wenn wir keinen korrekten Anhaltspunkt haben, könnten wir in die falsche Richtung denken." Nach seiner Erkenntnis schmunzelte er.

Wie kann ein Lächeln nur so Herzerwärmend sein?

Nachdem er sich ein weiteres Mal umguckte, drehte er sich wieder lächelnd zu mir und mein Herz machte einen Sprung. Ich hoffte ihn fiel nicht auf, wie rot ich gerade wurde. Jedenfalls wurde mir ein wenig warm in seiner Gegenwart.

„Am besten wir finden es heraus, indem wir losgehen. Vielleicht entdecken wir etwas. Die Reise ist wirklich spannend. In meiner Kindheit hätte ich so etwas bestimmt großartig gefunden", sagte ich.

Er nickte und ging vor. „Unsere Erzieher haben sich im Kindergarten oft solche Spiele ausgedacht. Es war immer ein großes Highlight."

„Das glaube ich dir. Jetzt wo du das gerade so erwähnst. Hast du eigentlich noch Kontakt zu Freunden?"

Ich befreite mich während des Gehens auf einem Bein von Blättern an meinen Schuhen.

„Eher nicht. Ich habe zwar noch einige Nummern, schließlich war ich bis zur neunten an meiner alten Schule, aber das ist ein schwieriges Thema."

Oh. Ich wollte ihm eigentlich nicht zu nahetreten, doch ich wusste nicht, dass ihn diese Frage so treffen würde.

„Aber ich kann dir das gerne irgendwann in Ruhe erklären. Ich glaube hier ist nicht der Richtige Ort und nicht die richtige Zeit."

Wir sahen gleichzeitig auf unsere digitalen Armbanduhren und waren verdutzt.

„Hm, ich glaube meine Uhr ist stehengeblieben. Wie sieht es bei deiner aus?", fragte er.

„Meine zeigt 14.30 Uhr an. Sind wir da nicht gerade in die Welt eingetreten?"

Er tippte auf seiner Uhr herum und schaute dann auf meinen Arm. „Ja, eigentlich schon. Hier funktionieren die Uhren wohl nicht, weil hier nichts außer Natur, wenn auch besonderer als auf der Erde, ist." Er kramte in seiner Jackentasche. „Ja. 14.30 Uhr ... Das kann natürlich problematisch werden, wenn wir nie genau wissen, wie spät es ist."

„Ja", stimmte ich ihm zu.

„Hast du ein gutes Zeitgefühl?"

Ich schüttelte lachend den Kopf. „Nicht wirklich."

„Naja. Ich denke, wenn wir uns nicht zu lange hier aufhalten, sollte es kein Problem sein, ohne Uhr."

Noch schien dieser Wald kein Ende zu nehmen. Wir waren wahrscheinlich um die zehn Minuten unterwegs und fanden einen kleinen Bach.

Ein Stein, ungefähr so groß wie ein Medizinball, hinderte das Wasser daran, vernünftig zu fließen, sodass sich winzige Seitenarme gebildet hatten und den Wandboden durchweichten.

„Lass uns den Stein dort herausholen, er verstopft alles", sagte ich.

„Alles klar, aber danach muss ich leider schon wieder los."

„Warum?"

„Ich habe ganz vergessen, dass ich heute einen Termin habe."

„Oh, das ist schlecht. Dann los", sagte ich und griff unter den Stein. Aiden half mir und zusammen nahmen wir den Stein hoch und eine Gravur war dort eingelassen worden.

„Wer mutig ist, kann eintreten, aber mit Vorsicht", las ich vor.

„Eintreten?", fragte Aiden. „Wir sollten die Welt jetzt lieber verlassen und morgen weitermachen. Ich möchte nicht, dass meine Eltern mich suchen, falls ich mich verspäte." Er sah mich an. „Etwas zu finden, wo man eintreten kann, wie eine Tür oder so finden wir sicherlich nicht in wenigen Minuten. Schon gar nicht in diesem gigantischen Wald."

Ich nickte verständnisvoll. „Kein Problem. Ich kann dich verstehen."

Wir standen uns wieder gegenüber, Hand in Hand, um die Welt das zweite Mal zu verlassen.

Zuhause legte ich mich erschöpft auf die Couch und dachte über den Hinweis nach.

Man kann in Häuser eintreten, in eine Höhle oder allgemein durch Türen, aber wir haben bisher weder Häuser noch irgendwelche Türen gesehen.

Rose sagte, in Anima leben nur Tiere und die Feen, also wären Häuser auszuschließen.

Ich nahm ich mein Handy, um Isabella anzurufen.

„Hey, hast du vielleicht Lust vorbeizukommen", fragte ich sie.

„Klar, ich bin in zwanzig Minuten da", sagte Isabella und legte auf.

„Ich muss dir unbedingt etwas erzählen Amelia", sagte Isabella, als ich ihr die Tür öffnete.

„Komm doch erstmal rein", antwortete ich lachend.

So ungeduldig wie sie wirkte, konnte es nur etwas Gutes sein. Sie lächelte bis über beide Ohren. „Amelia. Ich habe es geschafft. Wir bekommen zwei Katzen."

Meine Augen wurden groß. Ich öffnete meine Mund und wir beide lachten quiekend und sprangen durch das Wohnzimmer.

„Wie hast du es bitte geschafft? Deine Eltern waren doch immer dagegen."

„Ich habe versprochen mich immer um sie zu kümmern und auch für die Schule alles ordentlich zu machen. Das wird schon. Sie werden sicherlich nicht so hart zu mir sein."

Da hatte sie Recht. Sich gleich um zwei Katzen zu kümmern kann anfangs nicht leicht sein. Füttern, säubern und spielen. Dann noch der ganze Schulstress, Arbeiten und Präsentationen.

„Klingt doch gut. Ich freu mich für dich. Du darfst dich aber bloß nicht wundern, wenn wir uns später nur noch bei dir treffen."

Wir beide lachten. Sie weiß genau wie sehr ich Tiere liebe. Ich habe aber nie ein Haustier gewollt, weil ich mir schon denken konnte, dass es für mich irgendwann zu viel wird, wenn ich viel für die Schule machen muss.

Ich machte den Fernseher an und Isabella suchte schon mal eine Serie aus. Wir beide hatten in den Ferien eine beendet und wollten jetzt eine neue anfangen. Ich holte währenddessen zwei Decken für uns.

Nach der Serie entschieden wir uns etwas zu backen. Mir knurrte der Magen und Isabella war so ein großer Kuchenfan, dass sie nie nein dazu sagte. Auch wenn zuhause Abendbrot auf sie wartete. Ich wollte ausnutzen, dass meine Eltern weg waren, denn die würden nicht erlauben, Kuchen statt einer richtigen Mahlzeit zu essen.

„Soll ich schon mal ein Rezept raussuchen?", fragte Isabella.

„Ja, den Job übernimmst du heute. Ich hole dann wieder alles, was wir brauchen."

„Gut, ich habe schon was gefunden."

„So schnell?" Ich stand gerade auf einem Hocker und schaute von der Schranktür zu ihr runter.

„Ich habe letztens ein paar Rezepte abgespeichert. Deine große Liebe. Cookies"

„Oh, super. Du bist die Beste."

„Habt ihr Schoko Chips?"

Ich schaute nach und hatte Glück. Ich hielt ihr die Tüte entgegen und schloss den Schrank. „Selbstverständlich." Ich legte die Sachen auf den Tisch und ging zum Kühlschrank. Nachdem ich auch von dort alle Zutaten geholt hatte, klatschte ich einmal in die Hände. „Na dann. Wir können anfangen."

Als ich die Kekse in den Ofen schob, klingelte mein Handy. Es war Aiden und Isabella schaute neugierig auf das Display.

„Aiden? Seit wann habt ihr bitte Kontakt? Und warum sagt er für morgen ab? Wir haben doch gesagt, dass jeder seinen Teil des Referats allein bearbeitet. Habe ich etwa etwas verpasst? Warum hast du mir nichts von ihm erzählt? Ich dachte wir sagen uns Bescheid, wenn wir vergeben sind."

Das waren zu viele Fragen auf einmal.

„Eins nach dem anderen. Ich hoffe ich kann dich beruhigen, aber wir sind nicht zusammen."

Um nicht in der Küche auf die Kekse zu warten, gingen wir ins Wohnzimmer. Ich beantwortete weiter Isabellas Frage. „Wir haben uns nur angefreundet und dachten uns, dass wir uns morgen treffen könnten." Ich schaute auf mein Handy.

Ich muss leider für morgen absagen. Wir fahren zu meinen Großeltern und sind den ganzen Tag unterwegs. Wir sehen uns Montag.

Ich schaute wieder zu Isabella. Ich hatte sie angelogen. Wir treffen uns natürlich wegen der Welt und weil wir uns gut verstehen, nur konnte ich ihr das natürlich nicht sagen. Aiden und ich hatten ein Geheimnis.

„Natürlich werde ich dir Bescheid geben, sobald ich einen Freund habe. Aber zwischen mir und Aiden ist nichts. Wir verstehen uns gut, aber mehr ist da auch nicht."

„Aber könntest du dir mehr mit ihm vorstellen?"

Ich wurde rot als sie das fragte. Hoffentlich merkte sie das nicht.

„Keine Ahnung. Ich habe ihn noch nicht wirklich kennengelernt. So etwas kommt mit der Zeit, wenn überhaupt Interesse besteht. Ich kann nicht nach zwei Tagen mit ihm zusammenkommen."

Ich schrieb ihm eine Antwort zurück.

Alles klar. Bis Montag.

„Jedenfalls kannst du beruhigt sein", sagte ich und wechselte schnell das Thema. „Wie nennst du eigentlich deine Katzen? Welches Geschlecht?"

„Schnursula und Bubbles", sagte sie stumpf. Ich prustete und konnte mich vor Lachen nicht mehr halten. „Bitte was?"

Sie schmunzelte. „Nein. War nur Spaß. Luna und Nala."

„Süß", sagte ich. „Hast du ein Foto von den beiden?"

„Nein, wir fahren Morgen zu ihnen. Ich bin schon voll aufgeregt. Ich werde die Nacht kaum schlafen können."

„Das glaube ich dir. Ich wäre sicherlich genauso aufgeregt."

Am nächsten Tag saß ich am Küchentisch und aß mein Frühstück. Nachdem Isabella am Abend zurück nach Hause fuhr, telefonierte ich zwei Stunden mit meinen Eltern. Ich war komplett allein. Meine Tante war in einer anderen Stadt und meine Oma wurde von ihren Freundinnen in ein Café eingeladen. Es war Wochenende.

Eigentlich hätte ich Aiden einladen können. Er fuhr allerdings heute zu seinen Großeltern. Aus dem Grund konnten wir heute nicht in die Welt. Den Hinweis hatten wir immerhin.

Als ich fertig gefrühstückt hatte, ging ich hoch auf mein Zimmer und fing an, für unsere Präsentation meinen Text weiter vorzubereiten. Erst, nachdem ich eine Weile still meinen Text vor mich hingeschrieben habe, merkte ich, wie gut mir die Stille tat. Es war also doch nicht so schlecht, komplett allein, nur für sich zu sein.

Kapitel 6 - Amelia

„Ich wollte mich nochmal für vorgestern entschuldigen. Ich hoffe das hat dich nicht gestört", sagte Aiden.

Wir standen an dem Treffpunkt im Park, um wieder in die Welt zu gehen.

„Nicht schlimm. Ich konnte mir schon Gedanken machen und viele Dinge für den Hinweis ausschließen."

Er streckte seine Hände aus, um in die Welt einzutreten. „Gut. Dann los."

Wir traten ein und standen neben dem Bach. Er floss weiterhin ungestört, nichts erinnerte daran, dass ihn zuvor etwas daran gehindert hatte.

„Also ...", begann ich. „Wir wissen, dass hier nur Tiere, die Feen und Ursas wohnen." Bei dem Gedanken an die Monster, deren Aussehen wir nicht kannten, wurde mir ein wenig mulmig zumute. „Somit können wir ausschließen, dass wir in eine Tür eintreten müssen. Bleibt uns nur noch eine Höhle oder ein Tunnel."

Aiden sah sich um. „Ja, du hast recht. Komm wir suchen einen Weg aus dem Wald heraus."

Als hätte der Wald uns verstanden, zogen sich ihre schweren Stämme und Äste beiseite, sodass sich ein kleiner Durchgang bildete.

„Gefunden", sagte ich lachend. Als ich einen Schritt aus dem Wald machte, bemerkte ich die Sonnenstrahlen des Sonnenuntergangs. In ihrer Wärme blieb ich stehen und schloss meine Augen.

Als ich sie wieder öffnete und Aiden suchte, sah ich, wie er neben mir stand und auch Richtung Horizont blickte.

„Schön, oder?", fragte er mit einem sanften Ton in seiner Stimme.

„Ja", antwortete ich.

Am Waldrand lag eine große Wiese. Der Wald bildete einen Halbkreis um diese Wiese. Mehrere Meter vor uns lag wieder ein Trampelpfad. Aiden setzte sich auf die Wiese und schaute zu mir. Er sah besorgt aus. Ich setzte mich zu ihm. „Ist etwas?", fragte ich vorsichtig.

Er schwieg für einen Moment und stützte seine Ellenbogen auf seinen Knien.

„Du musst es mir nicht sagen, wenn du nicht möchtest", sagte ich diesmal.

Er seufzte. Dann schaute er zu mir auf. „Es gibt da etwas, was mich seit längerem bedrückt."

Ich sagte nichts. Ich wollte ihn nicht stressen. Er sollte es sagen, wann immer er bereit war.

„Seit der fünften Klasse, um genau zu sein."

Es hatte nichts mit mir zu tun. Konnte ich glücklich darüber sein? *Kann ein Mensch glücklich darüber sein, wenn es sich nicht um einen selbst handelt, man aber weiß, dass es der Person nicht gut geht?*

„Ich sehe, wie du mit Isabella bist. Eure Freundschaft. Das, was euch verbindet ..." Er machte eine Pause.

Es geht also doch um mich? Hat er etwas gegen unsere Freundschaft?

„Versteh das bitte nicht falsch ... Ich habe nichts gegen eure Freundschaft." Er starrte auf den Boden. „Ich will euch nicht trennen. Nur ... Ich habe meinen besten Freund verloren." Er machte eine Pause und ich sah, wie ein Muskel an seinem Kiefer zuckte. „In der weiterführenden Schule war er plötzlich für einen längeren Zeitraum nicht mehr da ... und ich wusste nie was mit ihm war ... Ich habe meine Eltern darum gebeten, seine Eltern zu kontaktieren, aber keiner war zu erreichen ..." Er holte zittrig Luft und erzählte es mit so vielen Emotionen, dass ich anfing zu weinen. Er auch.

„Du musst nicht weitermachen, wenn du nicht möchtest", sagte ich ein weiteres Mal und schniefte.

Aiden schaute mich mit gläsernen Augen an. Sein Gesicht war verkniffen. Er versuchte seine Tränen zu unterdrücken, doch es gelang ihm nicht.

„Dann hat uns seine Mutter angerufen und alles erzählt ... Er ... ist an Krebs gestorben, Amelia. Mit elf Jahren."

Ich fuhr ihm mit der Hand über den Rücken und legte meinen Kopf an seinen.

„Die Sonnenuntergänge werden mich immer an unsere Treffen erinnern. Immer wenn die Sonne unterging und unsere Eltern uns sagten, dass wir uns morgen in der Schule sehen, sind wir trotzdem noch in den Garten gelaufen und haben uns in seinem Baumhaus versteckt."

Ich weinte. Bei solchen Themen bin ich sehr empfindlich. Ich habe auch schon Menschen verloren, die ich wirklich liebte, meinen Opa. Er hatte auch eine Krankheit, nur leider gab es keine Möglichkeit, ihn zu heilen. Wir hatten genug Zeit, um uns zu verabschieden, auch wenn es sehr emotional für meine Familie und mich war.

„Ich habe mich distanziert." Er schniefte. „Von allen anderen. Ich dachte mir, dass ich nie wieder jemanden haben würde, mit dem ich lachen konnte." Ich hob meinen Kopf und wischte ihm eine Träne aus dem Gesicht.

„Das war auch der Grund, weshalb ich nie wieder jemanden finden konnte, wie ihn ... Er war mir so wichtig ...wir hatten unglaublich viele schöne Erinnerungen. Er war mein bester Freund."

„Aiden. Darf ich dich umarmen?"

Ich musste es tun. Ich wollte, dass er sich nicht allein fühlte. Er sollte merken, dass er es nicht allein spüren musste. Wir standen beide auf und ich drückte ihn ganz fest. Für mehrere Sekunden umarmten wir uns. Es tat unglaublich gut. Ich konnte spüren, wie seine Anspannung aus seinem Körper wich. Ich fühlte mich gestärkt, weil ich ihn nach diesem Gefühlsausbruch stärken konnte. Mein Herz schlug seltsam ruhig.

Wir hörten beide auf zu weinen, ließen uns los und atmeten tief ein und aus. Ich legte meine Hand auf seine Schulter.

„Danke, Amelia, dass du mir zugehört hast."

„Sei dir sicher, dass wann auch immer du dich nicht wohlfühlst, du mich immer erreichen kannst. Wir können auch gerne in unserer echten Welt viel mehr unternehmen, als nur in dieser Welt unsere Aufgabe erfüllen. Ich kann mich sehr gut in deine Lage versetzen. Ich werde immer für dich da sein."

Er nickte und schaute mir tief in die Augen. „Für dich genauso, Amelia. Ich werde mein Bestes geben."

„Wir können für heute aufhören, wenn es dir zu viel wird", schlug ich lächelnd vor.

Ich konnte sehen, in was für einem Dilemma er steckte.

Ihm fiel die Entscheidung schwer. „Ich möchte für heute aufhören. Es ist besser, wenn wir morgen frisch in die Woche starten."

„Kein Problem", sagte ich verständnisvoll.

Er fuhr sich durch seine braunen Haare und wandte den Blick von mir ab. „Es tut mir leid", flüsterte er.

Es war Montag und wir hatten in den ersten beiden Stunden Sport. Mit fiel plötzlich etwas ein. „Aiden ich habe vergessen-"

„Amelia und Aiden. Kommt ihr bitte. Wir wollen anfangen." Ungeduldig sah unser Sportlehrer Herr Neumann zu uns rüber. Alle standen bereits versammelt an einem der aufgebauten Geräte. Ich hatte beim Anziehen getrödelt und bei dem Aufbau nicht mitgeholfen.

Seufzend legte ich meinen Ring in die Box und lief zu den anderen. Ich war zu unkonzentriert, um zuzuhören. Ich wurde unruhig. Alles in mir begann zu kribbeln. Meine Hände wurden kalt, ich bekam Gänsehaut am ganzen Körper und zuckte.

„Herr ... Neumann ... " Ich konnte meinen Satz nicht beenden. Mein Mund war wie betäubt. Ich begann zu zittern, schloss die Augen und sackte zu Boden.

Kapitel 7 – Amelia

„Schließt du bitte alle Fenster."
Herr Neumann?
„Amelia. Kannst du mich hören?"
Aiden?
Ich konnte noch immer nichts sagen. Langsam begann ich zu spüren, dass eine Hand an meiner Stirn entlangfuhr und dann an meiner Wange stoppte.
Sie löste sich.
Ich versuchte meine Augen offenzuhalten, doch sie fielen immer wieder zu.
„Amelia, ist alles in Ordnung?", fragte Herr Neumann.
„Ich weiß nicht ... Mir wurde plötzlich total schlecht. Aber ich denke es geht wieder."
„Gut. Würdest du bis zum Stundenende bei ihr bleiben, Aiden? Ruf mich bitte, wenn etwas ist." Er verließ den Raum.
„Soll ich dir hochhelfen?", fragte Aiden.
Ich nickte schwer. „Ich weiß nicht was mir passiert ist", sagte ich.
„Aiden ich glaube es liegt am Ring. Davor ging es mir sehr gut."
„Das kann sein. Warte hier kurz. Ich hole ihn dir."
Er verließ den Raum und schloss die Tür hinter sich. Ich saß einen Moment in voller Stille und sortierte meine Gedanken.
Was hat das zu bedeuten?
Als Aiden wiederkam, sah er ganz verzweifelt aus. „Amelia ... dein Ring ... Er liegt nicht mehr in der Box."

Was? Habe ich das gerade richtig verstanden?

„Das kann nicht sein", sagte ich schockiert.

„Jemand muss ihn genommen haben, als wir dich hierhergebracht haben. So eine Scheiße..." Er wurde unruhig und lief durch den Raum.

„Warte ... Ich habe eine Idee."

Erneut verließ er den Raum, doch nach nur wenigen Minuten war er wieder da. Ich erkannte ein leichtes Lächeln auf seinem Gesicht, das mir ein bisschen Hoffnung gab. Er nahm meine Hand und steckte seinen Ring auf meinen Ringfinger.

„Behalt du ihn vorerst. Ich hoffe es hilft."

Er umarmte mich. Mithilfe seiner Wärme und seinem Ring, ging es mir im Handumdrehen wieder besser. Er ließ mich los und ich stand auf.

„Es geht mir wieder gut. Danke dir, Aiden, dass du mir geholfen hast."

„Ich habe dir mein Wort gegeben. Ich bin immer für dich da, egal was kommt. Gern geschehen."

Ich runzelte die Stirn. „Wieso passiert dir nichts?", fragte ich. „Du trägst jetzt keinen Ring. Komisch, oder?"

Er kratzte sich am Kopf und schaute auf seine Hand. „Das Ganze ist schon etwas merkwürdig. Wenn Rose auftauchen würde, könnten wir ihr diese ganzen Fragen stellen."

Der Sportunterricht war vorbei. Wir trennten uns und huschten schnell in die Umkleidekabinen. Ich spürte noch den Schmerz in meinen Beinen.

Alle waren schon draußen. Gut, dass die Pause anstand, ansonsten hätten wir beide ein wenig Unterricht verpasst. Die Lehrer hätten es mir aber sicherlich verziehen, nachdem, was passierte.

Ich ging zu Isabella, die mit zwei anderen Mädchen aus unserer Klasse, Larissa und Anna, an einem Baum stand.

„Amelia. Du bist wieder fit. Alles gut?"

„Ja, mir geht es wieder gut. Aiden hat mir geholfen."

„Dieser Aiden ist aber auch echt süß. Seid ihr zusammen?", fragte Anna.

Ich zögerte ein bisschen und die drei guckten mich erwartungsvoll an.

„Na sag schon. Wir sind nicht eifersüchtig, wenn es der Fall ist", sagte Larissa.

„Wir sind nur gute Freunde. Mehr ist da nicht. Ich glaub auch nicht, dass er eine Beziehung möchte. Können wir bitte das Thema wechseln?", fragte ich. „Habt ihr zufällig meinen Ring mitgenommen? Nach der Sportstunde war er nicht mehr in der Box."

„Nein", antwortete Anna.

„Ich trage heute keinen Schmuck. Ich habe die Box nicht angerührt", sagte Larissa.

„Ich wusste nicht, dass du heute einen Ring getragen hast." Isabella zuckte mit den Schultern. „Wir können dir suchen helfen. Und wenn wir die ganze Schule fragen müssten, würde ich es tun."

Mein Blick fiel auf meine Schuhe und ich nickte. „Das ist nett ... Ach, ... Ich weiß nicht. Wer macht denn so etwas?"

Ich schaute wieder zu ihr auf.

„Jemand der nicht nachdenkt? Keine Ahnung", antwortete Isabella auf meine Frage.

Im Unterricht bekamen wir Vertretungsaufgaben für zwei Stunden. Ich wurde schnell fertig und nahm einen Roman aus meiner Tasche. Für solche Fälle hatte ich immer ein Buch dabei, damit ich mich nicht langweilen konnte.

Ich schlug die erste Seite auf und begann zu lesen. Doch meine Gedanken brachten mich aus dem Konzept. Ich musste an meinen Ring denken. Ich konnte mir nicht vorstellen, wer ihn genommen haben könnte. Es war ein normaler Ring. Jedenfalls wirkt er so. An meinem Finger steckte Aidens Ring. Die Frage, wieso ihm nichts passierte, wenn er ihn nicht trug, musste ich unbedingt Rose stellen. Nur fragte ich mich eher, wann sie wieder auftauchen würde.

Welcher Idiot nimmt sich denn einfach einen fremden Ring? Das kann doch nur mit Absicht gewesen sein.

Mein Blick wanderte zu Aiden rüber. Ich versuchte seine

Aufmerksamkeit zu gewinnen, indem ich eine kleine Papierkugel zu ihm warf.

Mist. Verfehlt.

Die Kugel traf Louis, der neben ihm saß. Verärgert sah er sich um und ich versank schnell in meinem Buch und tat so, als würde ich gemütlich lesen.

Vorsichtig schaute ich über mein Buch hinweg zu den beiden. Louis fokussierte sich wieder auf seine Aufgaben, doch Aiden drehte sich zu mir.

Per Handzeichen signalisierte ich ihm, dass ich ihm sprechen muss. Er zeigte mit seinem Daumen nach oben und arbeitete an seinen Aufgaben weiter.

Als es klingelte ging ich schnell zu Aiden.

„Hey. Geht es dir mit meinem Ring weiterhin gut?", fragte er.

„Ja mir geht es einigermaßen gut, danke. Mein Ring fehlt uns aber trotzdem noch. Wir müssen so schnell es geht herausfinden, wer ihn genommen haben könnte. Sonst kommen wir nie wieder in die Welt. Hast du eine Idee, wie wir das machen könnten?"

„Wir müssen das unbedingt in der Klasse ansprechen. Am besten bei Frau Schneider."

„Ja, das muss ich definitiv tun. Eine andere Möglichkeit bleibt mir nicht."

Er nickte.

„Ich werde dann nach Hause gehen. Vielleicht holte ich mir schnell etwas zu Essen."

„Wenn du möchtest, lade ich dich zum Essen ein. Worauf hast du Lust?", fragte er.

Ich konnte mir ein Lächeln nicht verkneifen. „Das musst du doch nicht machen. Wenn, dann bezahle ich mein Essen aus eigener Tasche."

„Wie du willst", sagte er lächelnd.

„Ich habe Lust auf Pizza. Hatte ich schon lange nicht mehr. Es ist wieder an der Zeit", sagte ich lachend.

„Eine große Pizza mit Thunfisch bitte", bestellte Aiden.

Die Pizzeria war mir nicht neu. Sie machen die beste Pizza der ganzen Stadt. Ich würde immer diese Pizzeria empfehlen. Aiden war hier aber zum ersten Mal.

Die Pizza kam an den Tisch und mir kam der gut duftende Geruch und die Wärme entgegen.

Wir hatten großen Hunger.

„Das mit dem frisch-in-die-Woche-starten hat jetzt nicht so gut funktioniert, aber wenn ich es morgen anspreche, hoffe ich, dass wir dann morgen weitermachen können."

„Ja, mal gucken, ob sich der- oder diejenige ergibt." Aiden nahm sich ein letztes Stück.

„Rose hat uns nicht gesagt, nach welcher Zeit die Ursas hier aufkreuzen würden. Wir dürfen nicht allzu viel Zeit verschwenden."

Kauend nickte er.

Wir schafften es beide jeweils die Hälfte der großen Pizza zu essen. Nachdem wir beide getrennt zahlten, wollte ich direkt nach Hause. Ich stand auf, um mich von ihm zu verabschieden.

„Warte. Wenn du magst, können wir noch zu mir und überlegen, wie wir wirklich an den Ring kommen. Oder hast du noch etwas vor?"

„Nein. Ich habe nichts vor. Aber gute Idee."

„Sollen wir dann zu mir?"

„Wenn deine Eltern nichts dagegen haben, ja. Wir können."

Er nahm sein Handy aus der Tasche. „Ich schreibe meiner Mutter eine Nachricht, einen Moment."

Während er die Nachricht schrieb, nahm ich auch mein Handy. Eine Nachricht von Isabella war auf dem Bildschirm zu sehen.

Hey, wo treibst du dich rum?

Ich bin mit Aiden unterwegs. Nicht falsch verstehen :)

Ach, ich doch nicht ;) Viel Spaß euch.

Wir gehen jetzt wahrscheinlich zu ihm. Was soll ich denn seinen Eltern sagen?

Sag einfach, du bist eine Freundin. Ihr müsst etwas für die Schule machen

Keine Lügen Isabella :)

Okay, dann lass ihn das Gespräch übernehmen. Begrüß die beiden freundlich und dann nimmt er dich wahrscheinlich mit in sein Zimmer. Was wollt ihr denn Nettes machen? :)

Reden? Was Freunde halt so tun. (Oder denkst du etwa an etwas anderes?)

Hihi, nein. ;)

Danke für deine Tipps. Wünsch mir einfach Glück. Ich hoffe es passiert nichts Peinliches: Tschüss :)

Viel Glück. Tschüss :)

„Du darfst sehr gerne kommen schreibt sie."

Ich legte mein Handy zurück in meine Tasche und schaute zu ihm hoch. „Okay."

Wir verließen beide die Pizzeria. Draußen wehte ein leichter Wind und die Sonne schien.

In der Stadt war viel los. Viele Leute aßen ein Eis, andere gingen von Laden zu Laden.

Wäre ich mit Isabella unterwegs, wären wir sicherlich noch in ein Geschäft gegangen, aber ich glaubte nicht, dass Jungs das unter sich machen. Ich wusste auch nicht, ob Aiden das so großartig finden würde.

„Möchtest du noch irgendwo rein, bevor wir gehen? Wenn wir schon mal hier sind?"

Kann er meine Gedanken lesen?

„Ich würde gerne kurz in den Drogeriemarkt gehen, wenn das in Ordnung ist" sagte ich.

„Kein Problem."

Ich lief direkt in die Abteilung für Parfüme. „Ich brauche ein neues Parfüm", erklärte ich Aiden und schaute mich um.

„Ich kann dir beim Aussuchen helfen", bot er an.

Ich sprühte ein paar Parfüme auf Teststreifen und gab sie dann an Aiden weiter, nachdem ich den Duft selbst probiert hatte.

„Das riecht sehr gut", sagte er bei einem Duft, der auch mir gefiel.

Glück gehabt...

Ich schaute auf den Preis und war kurz enttäuscht. „Zwanzig Euro ... So viel habe ich gar nicht mehr dabei. Ich brauche noch andere Sachen." Ich warf die Duftproben in den nächsten Mülleimer. „Dann komme ich eben wieder her, wenn ich genügend Geld habe. Heute nehme ich nur das, was ich wirklich brauche."

Er nahm sich eine Packung von dem Parfüm und schaute zu mir auf. „Ich hole es dir. Das Geld musst du mir nicht wiedergeben."

Ich riss die Augen auf und nahm meine Hand vor den Mund.

„Aiden, das sind zwanzig Euro. Die muss ich dir wiedergeben."

Er schüttelte den Kopf. „Nein, Ich wollte dir vorhin schon das Essen ausgeben. Jetzt lass mich bitte das bezahlen."

Ich schaute ihm in die Augen und dann zu Boden. „Du musst das nicht bezahlen. Ich fühle mich sonst schlecht."

„Du brauchst dich nicht schlecht fühlen. Ich weiß genau, dass es dir gerade nicht gut geht, wegen der Sache mit dem Ring, deswegen möchte ich dir eine Freude machen."

Er ist so süß...

Ich nickte lächelnd. „Danke. Das ist unglaublich nett von dir. Ich habe nur noch nie so etwas Teures von Freunden bekommen. Danke, wirklich."

Ich sammelte schnell die Artikel zusammen, die ich noch brauchte, und stellte mich mit ihm an die Kasse.

Als wir das Geschäft verließen gingen wir auf die Neubausiedlung zu, in der Aiden wohnte.

Als wir in sein Zuhause trafen, saßen seine Eltern im Wohnzimmer, sie guckten aber Nachrichten. Darüber war ich erleichtert, denn ich war nicht gut darin, mit Eltern von Freunden das erste Mal zu reden.

Wir begrüßten beide kurz und nahmen die Treppen zu seinem Zimmer.

„Hast du eigentlich schon deinen Text fertig oder kannst du ihn flüssig vortragen?", fragte Aiden und steuerte auf seinen Schreibtisch zu.

„Nicht ganz. Ich muss ihn noch einmal durchgehen, bis alles sitzt."

„Gut, ich muss noch ein wenig machen, aber dafür haben wir ja noch Zeit."

Ich setzte mich auf seine Bettkante und ließ meinen Blick durch sein Zimmer wandern.

Sein Schreibtisch stand geradeaus an seinem Fenster, welches auf den großen Garten blicken ließ. Sein Bett stand auf der rechten Seite des

Zimmers. In der Mitte des Raumes lag ein großer weißer Teppich. Allgemein hatte er sehr viel Platz.

„Dein Zimmer ist sehr neutral gehalten. Keine Deko, Bilder oder Poster an den Wänden."

„Ja, ich stehe nicht so auf Deko. Weniger ist mehr sage ich immer."

„Ist ja auch nicht schlimm. Mein Zimmer ist deutlich kleiner als deins, aber hast du noch irgendwelche Geschwister?"

Er drehte sich auf seinem Schreibtischstuhl zu mir um. „Nein, ich bin Einzelkind."

„Ich auch", sagte ich und schmunzelte. Ich stand auf und ging zu seinem Bücherregal. „Du liest?"

Er trat zu mir. „Ja, ich liebe es in andere Welten zu tauchen. Egal ob Romane, Fantasy oder Thriller. Eigentlich ist alles dabei. Auch ein paar Klassiker." Er nahm ein paar Bücher und zeigte sie mir. „Das ist ein eher älterer Klassiker, aber eine gute Geschichte. Jane Austen *Stolz und Vorurteil* Kann ich dir auf jeden Fall empfehlen, wenn du auch auf so etwas stehst. Ansonsten, wie gesagt, Thriller, Romane und ein bisschen Fantasy."

„Ich liebe solche Bücher. Ein kleiner Traum von mir ist es, später mal eine Buchhandlung zu eröffnen." Ich strahlte und nahm mir einen weiteren Klassiker aus seinem Regal, wo ich mir sicher war, dass ich es noch nicht kannte, um mir den Klappentext durchzulesen. „Interessant. Darf ich mir das vielleicht ausleihen?" Ich deutete auf das in meiner Hand.

„Klar." Er legte die Bücher zurück in das Regal.

Ich kenne so gut wie keinen Jungen, der gerne liest. Viele drücken sich selbst vor Schullektüren. Dass Aiden ein leidenschaftlicher Leser, genauso wie ich, war, gefiel mir sehr.

„Um nochmal zu deinem Ring zu kommen ", begann er.

Jetzt sank meine Stimmung wieder. Der Ring fehlte mir sehr, doch ich konnte mich gut ablenken. Die Angewohnheit an den Ring wuchs schnell. Er wurde ein Teil von mir. Wenn ich nervös war, konnte ich an ihm herumdrehen oder wenn ich nachdachte. Ich hoffte, dass Aiden einen Plan hatte, wie wir den Schuldigen finden konnten.

„Wir sollten das Morgen wie bereits gesagt in der Klasse ansprechen. Anders kommen wir nicht weiter. Weder du noch ich haben etwas mitbekommen."

Ich nickte. „Ja, dann habe ich keine andere Wahl. Ich frage dann morgen ...Welches Fach haben wir morgen in der ersten?"

„Deutsch."

„Dann frage ich morgen Frau Schneider, ob ich das kurz ansprechen darf."

„Stark", sagte er.

„Gut, dann wäre das schon mal geklärt. Ich hätte aber noch eine andere Frage, die ich dir gerne stellen würde, wenn wir nochmal das Thema Anima nehmen", sagte ich und zeigte auf seinen Ring, den ich noch immer trug. „Wir haben ja jetzt Zeit, nochmal in Ruhe zurückzublicken", begann ich. „Was war eigentlich so der erste Gedanke von dir, als du Rose zum ersten Mal gesehen hast?"

Er atmete aus. „Gute Frage. Ich war natürlich schockiert, wie du sicherlich gemerkt hast. Ich dachte wirklich, dass ich jeden Moment aus einem Traum aufwachen würde. Ich meine, wer hätte jemals gedacht, dass sie und diese männliche Fee, wer weiß was noch, existieren?" Er ging zurück zu seinem Schreibtisch und deutete auf das Bett. „Du kannst dich gerne setzen."

Ich nickte und ging zum Bett. „Ich war genauso schockiert. Beim zweiten Mal am Esstisch war das natürlich noch stressiger, die Situation, weil du dabei warst."

Er nickte zustimmend. „Hm, ja das ist auch alles ein wenig suspekt. Dass sie so plötzlich auftaucht oder die Ringe so platziert hat, dass du sie ganz sicher findest, oder nicht?" Er wippte auf seinem Stuhl. „Aber es scheint ja wirklich etwas zu geben, was auf uns wartet. Auch wenn wir so damit überrascht wurden."

„Mhm, ja. Klar, wir müssen das Geheimnis lüften, aber ich habe echt Respekt davor. Wie ich ja immer sage, uns sollen ja Monster in die Quere kommen, wenn wir es zeitlich nicht schaffen, aber welche Zeit? Sind es Monate, Wochen oder Tage, die wir nur brauchen dürfen." Ich stützte meine Arme auf den Knien.

„Ich weiß es auch nicht. Aber wichtig ist, dass wir zusammenarbeiten und es gemeinsam meistern. Wir dürfen uns nicht ablenken lassen und dann sollte hoffentlich alles gut laufen." Aiden stand auf und schob seinen Stuhl an den Tisch. „Ich möchte es positiv in Erinnerung behalten, verstehst du?"

„Vollkommen. Ich denke, es sollte unser Geheimnis bleiben, wo wir in Zukunft immer positiv darüber nachdenken können. Egal, wie die Zukunft auch aussehen mag. Hauptsache positiv. Das wünscht man sich doch immer."

Als der Abend vorbei war, entschied Aiden sich, mich nach Hause zu begleiten, weil es langsam dunkel wurde. An meine Haustür holte ich meinen Schlüssel raus und begann die Tür aufzuschließen. Ich dachte erst, dass Aiden sich auf den Weg nach Hause machte, doch ich hörte Schritte hinter mir auf mich zukommen. Ich drehte mich um und sah Aiden wie er mir in die Augen sah. Ich wusste nicht, was ich sagen sollte, wandte den Blick aber nicht ab.

Braun und grün ... wunderschön und magisch. Passt zu seinem Nachnamen ... Wood und Wald ... Braun für Stamm ... Grün für die Kronen ...

„Möchtest du etwas fragen?", fragte ich lachend und sah zurück auf meinen Schlüssel.

Sein Blick wanderte zu meinen Lippen.

Ich erstarrte und schaute ihn mit klopfendem Herzen an.

„Ich ... ähm... ", begann er.

Ich wurde ein wenig nervös, weil ich nicht genau wusste, was er vorhatte.

Wollte er mich gerade...

Bevor ich noch umkippte, trat ich ins Haus. „Dann bis morgen", sagte ich und stand halb hinter der Tür.

Wie aus einem Tagtraum hochgeschreckt zuckte sein Gesicht leicht. „Schlaf gut." Er trat drehend zurück.

Im Bett sortierte ich meine Gedanken.

War Aiden gerade kurz davor mich zu küssen? Wollte er das wirklich?
Empfindet er etwas für mich wie i-

Okay. Ich durfte mir nicht zu viel einbilden, was ich doch so gerne tat. Körpersprache lesen gehörte nicht zu meinen stärken. Ich könnte alles aus einem deuten und denken, dass es wirklich so wäre und es könnte ach so falsch sein.

Doch nach nicht mal zwei Wochen so zu denken und fühlen machte mir Angst. So ein Gefühl hatte ich noch nie verspürt. Noch nie zu jemandem. Es war nicht damit zu vergleichen, wie sehr ich meine Familie liebte und mochte.

Nein, es war etwas anderes.

Ein gutes Gefühl. Ein schönes. Die Angst, dass ich mir zu viel hineininterpretierte und es mich nicht klar denken lassen würde. Dass es eventuell sogar die Reise negativ beeinflussen könnte, wenn ich unkonzentriert in seiner Nähe war. Seine einfühlsame Art, die Kunst seines Zuhörens. Sein Lächeln. Seine Augen. Diese Blicke zwischen uns. Seine Nähe und die Wärme der Umarmungen, die mein Herz rasen ließen. Mit einem kleinen Kichern zog ich mir die Bettdecke über den Kopf.

Kapitel 8 – Amelia

„Guten Morgen. Darf ich vielleicht kurz etwas in der Klasse ansprechen, bevor wir anfangen?", fragte ich Frau Schneider.

„Klar darfst du das."

Ich war ein wenig nervös. Ich war mir nicht sicher, wie das in der Klasse ankommen würde. Wenn sich niemand dazu äußerte, wüsste ich nicht, was ich dann sagen sollte. Es bestand die große Wahrscheinlichkeit, dass der Dieb den Ring gar nicht dabei hatte.

„Guten Morgen. Am Montag in der Sportstunde, wurde mir mein Ring gestohlen. Ich würde mich freuen, wenn sich derjenige meldet, der ihn genommen hat. Dieser Ring bedeutet mir nämlich sehr viel. Er war ein bedeutendes Geschenk."

Für einen kurzen Moment lag eine Stille im Raum.

„Wie Schade. Amelia hat ein Stück Metall in eine Box gelegt, ist kurz in Ohnmacht gefallen und dann ... UPS ... war er weg. Vielleicht hat ihn eine kleine Fee mitgenommen und keiner hat es gemerkt", sagte der neue, Louis.

Ich wurde wütend, weil ich es nicht mochte, wenn man so kindisch mit mir sprach.

„Vielleicht tun wir mal so, als hätte dir niemand zugehört, damit du dich nicht wie etwas Besseres fühlst."

Den Satz musste ich leider bringen. Ansonsten hätte ich stumpf vor ihm gestanden.

Aiden schaute verwirrt zwischen uns beiden hin und her.

„Louis, es wäre gut, wenn du dich nicht darüber lustig machst, dass Amelia ihr Ring abhandengekommen ist."

Er antwortete ihr nicht, stattdessen blieb er stumm und sah sie nicht mal an.

„Und Amelia, es wäre natürlich schön, wenn du den Ring wiederbekommst. Ich möchte hier keinen des Diebstahls bezichtigen, es war sicherlich ein Versehen, aber ich würde dich bitten, das nach der Stunde zu klären, denn ich möchte mit dem Unterricht fortfahren."

Ich setzte mich an meinen Platz und mit meinem Blick stach ich Louis genervt in den Rücken, der zum Glück nicht in meine Richtung blickte, um mich zu provozieren.

Nach dem Unterricht verabschiedete ich mich von Isabella und ging zu Aiden, der auf mich wartete. „Aiden, ich bin gerade so sauer. Ich weiß, dass Louis ihn hat! Warum sollte er das sonst so unverschämt sagen?"

„Warte, warum bist du dir da so sicher? Versteh das bitte nicht falsch, aber es war nur ein blöder Spruch, mit dem er Aufmerksamkeit auf sich ziehen wollte, oder nicht?"

Das war mir egal. Louis klang jedenfalls so, als hätte er etwas damit zu tun.

Ich blickte über Aidens Schulter und sah Louis auf sein Fahrrad zulaufen.

Mit schwerer Tasche steuerte ich auf ihn zu. Ich blieb vor ihm stehen und sah ihn mit ernster Miene an. „Louis. Ich weiß ganz genau, dass du meinen Ring hast. Gib ihn mir bitte wieder und alles wäre geklärt. Niemand hätte Probleme und alle können gut schlafen." Ich hielt meine Hand vor ihm hin und warte auf eine Antwort.

Er lachte dreckig und drückte meine Hand nach unten. „Ich brauch ihn dir nicht wiedergeben, nur um gut zu schlafen. Das kann ich auch so. Was deinen Schlaf angeht, der interessiert mich so gut wie gar nicht."

Aiden kam auf uns zu, stand aber ein paar Meter von uns entfernt und kramte in seiner Tasche herum. Er ließ sich Zeit damit, wohl, um uns zu belauschen.

„Es mir total egal wie du über mich denkst. Ich möchte einfach nur meinen Ring. Mehr nicht. Also, gibst du ihn mir jetzt bitte wieder? Er bedeutet mir mehr als er dir jemals tun wird, Louis."

Er verschränkte die Arme vor der Brust und kniff die Augenbrauen zusammen. „Das sagst du, nicht ich." Er zeigte auf meinen Finger und somit auf Aidens Ring.

„Du hast doch einen Ring, aber du kennst nicht die Bedeutung, die der Ring für mich hat, denn er *gehört dir nicht*. Jetzt lass mich nach Hause gehen."

„Was soll das denn jetzt heißen?" Ich verschränkte die Arme vor der Brust.

Ohne ein weiteres Wort schwang er sich auf sein Rad und fuhr davon. Wütend sah ich ihm hinterher.

Aiden kam auf mich zu. „Amelia, es ist besser, wenn wir jetzt auch nach Hause gehen. Wenn er sich bis morgen beruhigt hat, kriegen wir ihn vielleicht dazu, uns den Ring zu geben."

„Was hat er gerade gesagt? Der Ring gehört mir nicht? Wer hat ihn denn sonst im Wald gefunden? So ein Arschl-"

„Amelia. Beruhig dich bitte. Wir reden morgen mit ihm. Wir sollten jetzt wirklich gehen. Ich weiß, dass du sauer bist, aber das wird schon. Bitte."

Zuhause schmiss ich mich auf mein Bett, ohne vorher gegessen zu haben. Meine Wut nahm mir meinen Appetit. Ich hatte vor mir wie üblich Nudeln zu kochen und etwas Kleines dazu, doch ich hatte keine Lust mehr. Stattdessen regte ich mich darüber auf, dass ich so nah dran war, aber trotzdem versagte. Ich konnte ihm nicht die Wahrheit sagen, dass ich damit ein Geheimnis lösen musste und das noch in einer *anderen* Welt. Außerdem wäre das zu riskant oder jeder würde mich für verrückt halten, wenn ich etwas von magischen Wesen oder Anima erzählen würde.

Amelia hat zu viele Bücher gelesen. Ich konnte die Sprüche der Schülerinnen und Schüler schon hören. Das brachte mich dazu, mich noch mehr über Louis aufzuregen. Er war wirklich ein Idiot. Er sprach von der Bedeutung des Rings für ihn. Was auch immer er damit meinte, es war klar, dass er ihn wirklich gestohlen hatte.

Wer ist so frech und nimmt einem was weg und behauptet dann aber, es würde ihm gehören?

Ich brachte mich endlich dazu aufzustehen und zu kochen. Mein Hungergefühl ließ mich nicht mehr weiterdenken. Vielleicht lenkte mich das ein wenig von dem Idioten ab.

Ich trampelte seufzend die Treppen runter und ging in die Küche. Als ich die Nudeln aus dem Schrank holte, fiel mir ein, dass morgen das Referat bevorstand.

Panik durchfloss meinen Körper, ich rannte die Treppen hoch und sprang förmlich in mein Zimmer. Schnell ging ich an meine Tasche und holte die Karten raus.

Bevor ich noch mehr Zeit verlor, begann ich mit dem Multitasking, indem ich, während ich mein Essen zubereitete, vor mich hinsprach.

Beim Kochen fielen mir immer wieder kleine Fehler auf, die ich korrigieren musste.

Als die Nudeln fertig waren, konzentrierte ich mich erst aufs Essen, statt mich weiter verrücktzumachen. Sonst könnte ich gleich gar nicht mehr denken.

Ich nahm mein Handy und rief Isabella an, um nachzufragen, ob sie schon ihren Text konnte.

„Hallöchen Amelia. Alles gut?"

„Hey. Ja mir geht es gut. Ich habe ganz vergessen, dass morgen schon die ersten anfangen sollen, die Referate vorzustellen. Ich übe jetzt gerade meinen Text und habe gleichzeitig mir noch etwas zu Essen gekocht."

„Du arme. Ich bin schon fertig. Was hast du sonst noch gemacht?"

„Mich darüber aufgeregt, dass Louis meinen Ring hat. Dieser Idiot sagt, dass er ihn behalten wird."

„Was ein ... Warum?"

„Keine Ahnung. Der hat glaube ich irgendwelche Probleme."

„Ich fand ihn ja eigentlich ganz süß, aber jetzt wird er immer unsympathischer."

„Voll, ich dachte auch er wäre nett. Der soll sich nicht so unbeliebt machen. Er ist gerade mal eine Woche bei uns."

„Ja."

„Was machen die Katzen so?", fragte ich.

„Die spielen gerade. Sie sind so süß."

„Schön. Dann mache ich jetzt Schluss und übe weiter. Bis morgen."

„Bis morgen."

Ich legte mein Handy auf den Tisch und übte weiter. Mein Text war gut, ich war aber dennoch nervös, weil ich immer Angst hatte, etwas Falsches zu sagen oder den Faden zu verlieren.

Als ich fertig gegessen und geübt hatte, nahm ich wieder mein Handy. Ich war mir unsicher, ob ich Aiden anrufen sollte, aber ich tat es.

Es klingelte eine ganze Weile, doch er ging ran. „Hey, ist etwas?"

„Ja, kann man so sagen. Ich wollte nochmal wegen der Sache mit dem Ring sprechen. Egal wie lange es dauert und egal wie schwer es wird, wir dürfen ihm nicht von dem Geheimnis erzählen. Wir müssen uns eine glaubhafte Lügengeschichte ausdenken."

Ich machte eine kurze Denkpause, doch mir fiel keine gute ein.

Ich seufzte. „Ich habe keine Ahnung, was wir ihm sagen sollen, Aiden. Am besten wir probieren es so lange und so gut wie es geht. Wenn es nicht geht, müssen wir es anders angehen."

Er seufzte auch. „Ich überlege mir etwas bis morgen und gebe dir dann Bescheid", sagte er.

„Alles klar. Danke. Bis Morgen."

„Bis morgen, Amelia."

Kapitel 9- Aiden

Am nächsten Morgen wusste ich genau was zu tun war. Ich musste mit Louis unter vier Augen sprechen, ohne dass Amelia etwas davon mitbekommt. Wenn ich es schaffe, werde ich es ihr sagen und ihr den Ring selbstverständlich geben. Ich nahm meine Tasche und ging los.

An der Schule angekommen, sah ich Louis wie er gerade sein Fahrradschlüssel verstaute.

Ich konnte mich glücklich schätzen, dass er immer so früh an der Schule war. Amelia war noch nicht da.

Ich ging zu ihm rüber. Mein Herz pochte ein wenig, weil ich nicht wusste, wie er auf meine Diskussion mit ihm reagieren würde.

„Hey Louis. Guten Morgen. Alles klar?"

„Morgen. Was willst du, Aiden? Beziehungsprobleme?"
Wie nervig ...

„Ich wollte dich was Fragen. Warum behältst du Amelias Ring, obwohl du praktisch zugegeben hast, ihn genommen zu haben?"

Er lachte. „Ganz einfach, Aiden. Er gehört mir."

Ich schaute ihn verdutzt an. „Du weißt ganz genau, dass der Ring Amelia etwas bedeutet."

„Dann hat die die Person, die ihn ihr geschenkt hat, ihn von mir genommen. Ich habe diesen Ring nämlich seit Jahren vermisst. Kein Scherz."
Seit Jahren? Wie kann das sein? Wusste er etwa von der Welt und war selbst schon mal dort?

„Wie? Seit Jahren? Was meinst du damit? Welche Bedeutung hat dieser Ring für dich?"

Sein Gesichtsausdruck wechselte mit einem Mal. Er guckte mich mit einer traurigen Miene an.

„Alles gut?", fragte ich vorsichtig.

Er seufzte. „Darf ich dir etwas anvertrauen?"

Ich nickte. „Klar."

Okay das ging schneller als gedacht.

„Das darf nur zwischen uns bleiben. Dieser Ring gehörte meiner Schwester."

Was? Aber Amelia hatte ihn in einem Wald gefunden ...

Ich hörte ihm aufmerksam zu. Seine Stimmlage wurde tiefer.

„Als ich noch etwas kleiner war, so neun Jahre alt, habe ich immer mit meiner Schwester gespielt. Sie war zu dem Zeitpunkt schon etwas älter. Vierzehn. Eines Tages bemerkte ich den Ring an ihrem Finger. Ich war verwundert, weil er ganz plötzlich von einem Tag auf den anderen an ihrem Finger war."

Louis öffnete sich mir gerade, obwohl wir uns gar nicht kannten. Ich fragte mich, ob er sich mit mir verbündet fühlte, weil wir beide noch neu an dieser Schule waren.

Er fuhr sich durch die Haare. „Ich wollte wissen, woher sie den hatte, doch sie hat mir nie gesagt woher. Eines Tages, als sie im Badezimmer war, bin ich heimlich in ihr Zimmer gegangen und habe den Ring auf ihrem Tisch gesehen. Ich wollte ihn mir genauer anschauen und nahm ihn in die Hand." Louis sah mich vorsichtig an. „Du hältst mich sicherlich für verrückt, wenn ich dir das jetzt sage, aber der Ring ... er ... er hat geleuchtet. Ich war so begeistert, dass ich es durch das ganze Haus rief." Er war ganz leise geworden und sah mich an, als befürchtete er, ich würde ihn auslachen, weil seine Geschichte absolut unglaubwürdig klang.

„So seltsam es klingt, Louis: Aber ich glaube dir."

Louis zögerte einen Moment, doch dann atmete er sichtlich durch und erzählte den Rest. „Meine Schwester platzte daraufhin ins Zimmer und motzte mich an. Ich erschrak und rannte schnell aus dem Zimmer und versteckte mich in meinem Kleiderschrank. Am nächsten Tag wollte sie dann mit ihrem Freund Nick in die Stadt, doch sie kam nie wieder zurück. Es vergingen Tage, Monate, ja sogar Jahre. Bis heute, hat sie keiner gefunden."

Diese Geschichte musste ich erstmal sacken lassen. Ich war schockiert und verwirrt zugleich. Ich hatte unheimlich viele Fragen.

„Wie heißt deine Schwester?"

Ich wollte diese Information, damit ich im Internet nach möglichen Artikeln darüber suchen konnte. Ich glaube ich hatte etwas herausgefunden, was mich und Amelia auf unserer Reise unterstützen würde.

„Sophia Müller."

„Danke. Louis, ich glaube ich kann dir helfen deine Schwester zu finden."

Mir war bewusst, dass wenn ich jetzt die Wahrheit sage, ich eine Menge riskierte, doch wenn das so ist, und Sophia und Nick die vorherigen Träger waren, dann könnte das uns dem Geheimnis ein bisschen näherbringen.

„Wie willst du mir denn helfen, wenn selbst die Polizei sechs Jahre braucht? Hast du sie noch alle?"

„Louis. Ich brauche den Ring. Amelia braucht ihn. Ich habe eine Ahnung, wo deine Schwester sein könnte."

„Wo?"

Habe ich das jetzt gerade ernsthaft gesagt? Oh nein. Amelia wird mich hassen…

Ich zögerte.

„Äh … schwierig zu sagen … ich weiß es nicht *genau*."

Mit gerunzelter Stirn hob er die Hände und sah mich auffordernd an.

„Wie soll ich das jetzt verstehen? Du weißt, wo sie ist aber nicht *genau*? Willst du mich auf den Arm nehmen? Sag jetzt die Wahrheit."

„Es ist so, Amelia und ich … wir haben ein Geheimnis. Deine Schwester und ihr … äh … Freund hatten das höchstwahrscheinlich auch. Wir haben eine Aufgabe bekommen, in der wir ein Geheimnis lösen müssen und ich gehe davon aus, dass sie das Gleiche tun mussten. Wenn sie die vorherige Trägerin des Rings gewesen ist, ist Amelia die jetzige.

Seine Augen weiteten sich. „Ich bin verwirrt? Du meinst also, dass ich mir das damals nicht eingebildet habe, dass der Ring … wirklich geleuchtet hat? Ist Magie im Spiel?"

Ich nickte. „Ja."

Laut blies Louis den Atem aus. „Scheiße. Das ist … Ich hab mir das damals nicht eingebildet. Und all die Jahre habe ich immer darauf bestanden."

„Vertrau mir. Es ist die Wahrheit. Und die musst du unbedingt für dich behalten. Das ist eine große Ausnahme, weil wir keine andere Wahl haben."

Er kramte in seiner Jackentasche. „Na, gut."

Ich hoffte, dass er den Ring hervorholte. Und er tat es.

„Hier. Es fällt mir schwer, denn ich war so glücklich, als ich ihn gefunden hatte, aber ich hätte niemals gedacht, dass er wirklich magisch ist." Er kratzte mit seinen Schuhen über die Steine. „Als kleines Kind hat man immer davon geträumt, dass es Magie wirklich gibt. Wenn man dann noch so etwas erlebt, denkt man natürlich, dass es Einbildung ist, aber letztens einen Teil meiner Schwester zu finden, gab mir Hoffnung. Sie eines Tages wieder zu sehen wäre mein größter Traum." Seine Hand wanderte zu seinem Nacken. „Vor allem meine Eltern tun mir leid. All die Jahre in Trauer zu leben ist nicht einfach. Mein Schulwechsel, ihr zwanzigster Geburtstag ohne sie … alles. Alles war schwer."

Ich war gerührt von seinen Worten und legte meine Hand auf seine Schulter. „Ich bin froh, dass ich dir eine Hilfe sein kann. Amelia und ich, wir werden die beiden finden. Das verspreche ich."

Ich hoffe das wir das tun werden ...

„Danke. Die Menschen um dich herum können sich echt glücklich schätzen. Die Mädels auch, bester."

Ich musste lachen, weil es in eine merkwürdige Richtung ging.

„Willst du nicht doch ein paar Beziehungstipps?", fragte er mich und sah mich an. „Denn so wie es aussieht, hattest du noch keine. Du wirst bald sechzehn, oder nicht?"

„Ja, im Oktober. Bis dahin ist noch ein wenig. Ich warte aber auf die wahre Liebe. Eine Liebe, die für immer hält. Ich sehe keine Altersgrenze für mich persönlich. Ob ich sie unter zwanzig, über zwanzig oder vielleicht erst über dreißig finde, ist mir egal." Ich sah ihn schmunzelnd an. „Hauptsache sie hält für immer. Das ist das Wichtigste. Die ewige Liebe."

„Puh, davon kann ich mich schon verabschieden. Ich hatte schon zwei Beziehungen. Die hielten acht Monate." Er strich sich durch sein Haar und sein Blick wanderte zu seinen Schuhen.

„Vielleicht solltest du warten. Irgendwann wird schon die richtige kommen. Die Liebe kann etwas Besonderes sein. Einen Menschen zu haben, dem man alles erzählen kann, mit dem man lachen kann, Dinge erleben kann, reisen kann und vieles Mehr."

Er schaute wieder zu mir auf und nickte. „Mal sehen. Mir ist wichtig, dass meine Schwester wieder nach Hause kommt."

Ich klopfte ihm auf die Schulter. „Wir werden unser Bestes geben, Louis."

Nach dem Unterricht traf ich mich mit Amelia auf dem Schulhof. Ich war nervös. Ich wusste nicht, wie sie darauf reagieren würde, wenn ich ihr jetzt sagen würde, was ich zu Louis gesagt hatte.

„Hey, ist was?", fragte sie und deutete auf meine Faust, die ich verdeckte.

„Ich habe eine Überraschung für dich", antwortete ich und hielt ihr meine noch geschlossene Hand hin.

„Sag nicht, du hast wieder Geld für mich ausgegeben." Sie verschränkte die Arme vor der Brust.

„Nein, viel besser." Ich öffnete meine Hand und sie hielt sich vor Staunen den Mund zu. Ihre olivgrünen Augen funkelten im Sonnenlicht.

Sie ist so wunderschön...

Sie nahm die Hände vom Gesicht und ich gab ihr den Ring. „Wie hast du ihn dazu gebracht? Ich habe mich sowieso gefragt, warum ihr im Unterricht so viel getuschelt habt."

„Wir haben uns ein wenig angefreundet. Ich erkläre dir besser alles in einer Ecke in Ruhe und wir gehen morgen in die Welt."

Kapitel 10 – Amelia

„Was? Er weiß jetzt davon?", fragte ich schockiert.

„Ja, aber lass mich das bitte erklären. Es hat einen Grund, weshalb er es erfahren musste." Aiden führte seine Hände zusammen und sah mich bittend an.

„Was denn für einen Grund?", fragte ich.

„Seine Schwester ist seit sechs Jahren vermisst. Sie war die vorherige Ringträgerin." Er machte eine Pause und ich ließ alles, was er sagte, auf mich ein.

„Sie und ihr Freund Nick müssen mit Sicherheit auch in der Welt gewesen sein, anders kann ich es mir nicht vorstellen."

Ich musste alles, was ich hörte, verarbeiten. Dass unser Geheimnis nicht mehr geheim bleibt, hatte sich verwirklicht.

„Das ergibt jetzt alles Sinn. Deswegen sagte er, der Ring gehört mir nicht. Verstehe."

„Ganz genau. Jetzt haben wir endlich einen kleinen Anhaltspunkt", sagte er. „Wir sind nicht die ersten, die diese Welt betreten haben."

Ich fasste mir verzweifelt an den Kopf. „Wie schwer muss das denn für die Familie sein?"

Er zuckte mit den Schultern. „Wenn wir die beiden finden, haben wir gleich zwei gute Dinge gemeistert. Eine trauernde Familie glücklich gemacht und das Geheimnis gelöst. Wenn die beiden wirklich dort sein sollten. Aber irgendwie kann man eins und eins zusammenzählen, oder nicht?"

Da hatte er recht. „Ich weiß gar nicht was ich sagen soll. Alles ist im Moment so durcheinander", murmelte ich.

„Ich weiß. Man muss das Beste daraus machen. Wie lange hat es gedauert, bis du in Ohnmacht gefallen bist?"

„Etwa eine Minute, warum?"

„Weil wir deinen Ring dann so schnell es geht mit meinem Tauschen müssen." Behutsam nahm er meine Hand und zog seinen Ring ab und setzte meinen ganz schnell auf meinen Finger. Die Wärme seiner Hände zog sich meinen Körper hoch.

„So, jetzt kann es eigentlich losgehen, morgen meine ich."

Ich nickte und kurz darauf blickte er auf sein Handy. „Ich muss jetzt leider gehen. Wir sehen uns morgen", sagte er so, als würde er gerne noch etwas länger bleiben.

„Kein Problem. Danke, dass du mir die Wahrheit gesagt hast. Und danke nochmal, dass du den Ring für mich geholt hast. Bis morgen."

Er trat auf mich zu und schlang seine Arme um mich.

Für einen Moment war ich ganz starr, doch dann legte ich ebenfalls meine Arme um ihn. Ich vergaß alles um mich herum, ich vergaß, dass es kalt war, dass ich im Park stand, alles. Wirklich alles.

Ich spürte seinen Kopf auf meiner Schulter, seine Haare an meinem Hals.

Es fühlte sich einfach richtig an…

Er löste sich von mir und schaute mir tief in die Augen.

„Bis morgen, Amelia", flüsterte er.

Ohne eine Antwort abzuwarten, drehte er sich um und machte sich auf den Weg.

Ich blieb stehen, an der Stelle, wo meine Gefühle sich in Sekundenschnelle änderten. Dass er die Verabschiedung so ernst nahm und mich umarmte, ließ mein inneres verrücktspielen. Ja, wir hatten uns nur getroffen, weil er mir etwas sagen wollte, aber in seinen

Augen zu sehen, dass es ihm schwerfiel, zu gehen, brachte mich zum Nachdenken.

Was, wenn er genauso über uns denkt, wie ich?

Die Umarmung fühlte sich noch besser an als die erste, weil sie von ihm gekommen war. Die erste habe ich gewollt, weil ich sah, wie schlecht es ihm in dem Moment ging und ich mir wahrscheinlich genau dann eine Umarmung von jemandem gewünscht hätte. Diese unerwartete Umarmung gab mir das Gefühl, dass er mir zeigen will, wie gut er es mit unserer Freundschaft meint. Auch wenn das längst nicht das Zeichen war, das ich mir wünschen würde, gab es mir Hoffnung.

Aiden wurde immer kleiner und verschwand dann, als er nach links bog. Normalerweise würde er mit mir in die gleiche Richtung nach Hause gehen ... aber egal. Anscheinend musste er woanders hin. Ich drehte mich um und verließ das Schulgelände.

Es fing an zu regnen. Ich wurde nass, hatte keine Kapuze und keine Jacke.

Sommerregen ... großartig ...

Zuhause konnte ich nur an eins denken.

Warum ...

Warum ist diese Situation nur auf einmal so ... anders geworden? Wieso wachsen meine Gefühle von Tag zu Tag, obwohl wir uns noch nicht so lange kennen?

Ich kuschelte mich zusammengerollt in meine Decke und schaute aus dem Fenster.

Der Regen hatte aufgehört und Wolken hatten sich verzogen. Eine Sternschnuppe flog am Himmel.

Eine Träne floss über meine Wange.

Jemanden auf die andere Art zu mögen kann ganz schön hart sein ...

Am nächsten Tag reisten Aiden und ich wie verabredet nach Anima. Wir kamen wieder genau dort an, wo wir sie das letzte Mal verlassen hatten. Auf der Wiese, wo es emotional wurde. Als ich daran dachte, wären mir beinahe erneut Tränen geflossen, doch ich konnte sie zurückhalten und konzentrierte mich stattdessen auf die Umgebung. Der Wald, der im Halbkreis neben der Grünfläche verlief, ließen wir hinter uns. Wir überquerten den Rasen, die voll mit den großen bunten Blumen war.

„Schön, oder?" Er blickte Richtung Horizont.

„Ja", antwortete ich.

Die Sonne ging unter, aber wir ließen uns nicht aufhalten. Ich hatte nur noch zehn Tage, bis meine Eltern kommen und uns fehlen noch einige Hinweise.

„So wie es aussieht müssen wir nach einer Höhle oder ähnliches suchen", sagte ich.

Aiden nickte.

Der Weg, der sich neben der Wiese befand, führte über weitere Wiesen, Hügel und Seen.

Wie ein Blitz durchguckte mich plötzlich ein Gedanke.

„Wir können doch fliegen, Aiden."

Er fasste sich an die Stirn. „Das habe ich ganz vergessen."

Wir schlossen die Augen. Meine Füße begannen zu kribbeln. Das gab mir das Zeichen, dass Aiden an das Fliegen dachte. Diese Fähigkeit, die wir in dieser Welt hatten, war unglaublich. Ich konnte mir nicht erklären, wie das möglich war. Wie unsere Gedanken uns dazu bringen konnten. Eine Wärme, die sich von meinen Füßen bis in meine Schultern streckte, gab mir die Kraft, mich von Boden abzustoßen und in der Luft zu sein. Schon bald sahen die Seen wie kleine Pfützen aus und die Hügel wie kleine, grüne Maulwurfshügel. Der Wind trug uns mit seiner Leichtigkeit.

Aiden flog neben mir so, als würde er das schon Jahre lang machen. Ich war dagegen ein wenig vorsichtiger, aber traute mich ein paar Drehungen zu machen.

Mit einem Mal bebte die Erde unter uns. Erschrocken sahen wir nach unten und erkannten, dass der Boden immer näherkam. Staub wirbelte durch die Luft und ein beißender Gestank zog mir in die Nase. Ganze Bäume wurden aus der Erde gerissen und es tat sich eine gewaltige Schlucht auf. Ich verlor die Kontrolle und drohte abzustürzen, doch Aiden packte mich gerade noch rechtzeitig. Wir wichen ganzen Erdbrocken, Ästen und Bäumen aus, doch wir bewegten uns nur schwergängig. Ich hoffte, dass das alles bald ein Ende hatte, aber es hörte nicht auf. Es wurde dunkel und das Dröhnen und Ruckeln immer lauter.

Aiden drückte meine Hand ganz fest und zusammen flogen wir immer höher, bis wir nur noch die Staubwolken unter uns sehen konnten.

Mit einem Mal wurde alles still.

Ich atmete aus. Es war vorbei. Alles war wieder ruhig. Staub und der Dreck sanken zu Boden und wir konnten sehen, was wirklich passiert war.

Es hatte sich ein Berg gebildet. Und nicht nur irgendeiner. Ein Berg mit einem Eingang. Einem Höhleneingang.

„So wie es aussieht haben wir die Höhle gefunden", sagte ich.

„Ähm ... Ja. Sieht so aus."

Langsam flogen wir darauf zu und landeten.

„Ganz schön dunkel", sagte Aiden, als wir vor dem Eingang standen.

„Sollen wir unsere Ringe zur Hilfe nehmen? Vielleicht funktioniert es ja. Vielleicht leuchten sie, wenn wir sie nah genug an die Höhle halten."

Er nickte. „Gute Idee."

Ich hielt meinen Ring an die Höhle, doch es passierte nichts. „Hm ... Funktioniert nicht. Was nun?", fragte ich.

„Dann haben wir keine andere Möglichkeit, als durch tasten voranzukommen."

Ich biss mir auf die Unterlippe und nickte. „Ja dann. Los geht's."

Wir traten ein, wie es der Hinweis verlangt hatte. Die Höhle war nicht besonders hoch oder breit. Wir konnten gerade mal nebeneinanderstehen. Eine weitere Person würde nicht mehr zwischen uns passen. Die Decke war nur wenige Zentimeter über uns. Ich ging links und Aiden rechts an der Höhlenwand entlang. Unsere Hand ließen wir dabei immer an den Wänden.

Nach ungefähr zwanzig Metern erreichten wir eine Gabelung. Wir mussten uns für eine Richtung entscheiden.

Ich hielt meinen Ring vor die beiden Gänge und als ich mich dem rechten näherte, leuchtete er auf.

„Wir müssen wohl hier lang."

Wir nahmen den rechten Gang und tasteten uns auch hier vorsichtig heran. Irgendwann sah ich in der Ferne etwas leuchten. Es sah so aus, als würden viele kleine Lichter die Wände schmücken.

Wir gingen weiter darauf zu und das Leuchten wurde immer heller.

Der Gang endete in einer weiteren Höhle. Sie war voller Kristalle, die in den schönsten Farben leuchteten. Rot, violett, rosa, blau, ja sogar weiße oder glitzernde. Sie ragten aus allen Ecken und Wänden, sogar aus der Decke, heraus. Es sah alles geheimnisvoll und mystisch aus. Ich näherte mich der Wand und versuchte vorsichtig einen kleinen Kristall aus ihr heraus zu ziehen. Er war so locker, dass ich es tatsächlich schaffte. Als er in meiner Handfläche lag, wurde sein Leuchten stärker.

„Den nehme ich mit und lege ihn auf die Fensterbank."

„Der sieht schön aus, aber ich lasse es lieber. Nicht, dass uns noch alle auf den Kopf fallen", sagte Aiden und zeigte mit dem Finger an die Decke.

Das passierte zwar nicht, aber ein schreckliches Knirschen ertönte plötzlich aus allen Richtungen und der Boden vibrierte so stark, dass mein ganzer Körper wackelte.

„Aiden!", rief ich panisch.

Er stand neben mir, doch durch die Vibration konnte ich nicht nach seinem Arm greifen. Ich verlor die Kontrolle und fiel zu Boden. Aiden versuchte sich an den Kristallen festzuhalten, doch er wurde von einem heftigen Druck, der sich durch das Ruckeln der Wand bildete, nach hinten geschubst. Er knallte mit dem Rücken auf den felsigen Untergrund. Er schrie auf.

„Alles ... ggg ... ut?", fragte ich.

„Ggg ... geht."

Ein tiefes Dröhnen ertönte und die gegenüberliegende Wand wurde mehrere Zentimeter auf uns zu geschoben. Es fühlte sich an, als würden wir aus unserem Körper gedrückt werden.

Das Beben wurde immer stärker.

Mir kamen die Tränen. Ich verlor jegliche Hoffnung auf ein gutes Ende. Niemals schafften wir es hier raus, bevor das Beben aufhörte. Es gab keinen Ausweg. Mit einem Rumpeln verschloss ein großer Felsen den Ausgang, wobei viele der großen Kristalle hinabstürzten. Splitter schossen in mein Gesicht und ritzten mir die Haut auf, doch den Schmerz spürte ich am ganzen Körper. Blut fließ mir über das Gesicht und mischte sich mit meinem Schweiß und meinen Tränen. Es tat zu sehr weh.

Die Wände kamen immer näher, was den Raum immer kleiner werden ließ. Ich schloss meine Augen, um nicht noch an den fallenden Splittern zu erblinden.

Aiden sagte nichts. Die Panik musste ihn ebenso erfasst haben wie mich.

Wir werden es niemals hier rausschaffen. Wir werden sterben! Rose ... es tut mir leid. Mama, Papa ... ich liebe euch. Isabella ... bitte vergib mir, dass ich dir nicht die Wahrheit gesagt habe. Aiden ... ich hätte dich nicht mit reinziehen dürfen ...

Ein Kristall berührte meine Hüfte. Die Höhle wurde immer kleiner. So klein, dass ich mit ausgestrecktem Bein fast die gegenüberliegende Wand berührte. Aiden war neben mir, doch sagte keinen Ton, wie auch? Es war einfach zu schwer. Es gab kaum Luft zu atmen. Alles war stickig und laut.

Unser Leben war vorbei. Niemand wird uns finden. Wir sind für immer in dieser Welt gefangen. Das für immer ungelöste Geheimnis dieser Welt wird mit uns hier untergehen und die Ursas werden in unsere Stadt kommen.

Ich war erschöpft. Meine Kraft ließ mich nicht länger sitzen und ich stützte mich an den noch immer bewegenden Kristallwänden ab, die sich mir schmerzend in den Rücken, wie riesige Zahnstocher, bohrten. Vielleicht blutete ich noch an weiteren Stellen meines Körpers, doch ich hatte keine Möglichkeit dies zu überprüfen.

Wenn ich schon sterben musste, dann mit Aiden an meiner Seite.

Kapitel 11 – Aiden

Mit voller Wucht schoss eine eisige Kälte durch meinen Körper. Ich zuckte zusammen. Als ich zu mir fand, spürte ich etwas Weiches unter mir. Es fühlte sich an wie ... Gras.

Ich versuchte mit aller Kraft aufzustehen und zu realisieren, wo ich wirklich war.

Anima ...

Alles sah aus wie immer. Die vielen Hügel, die Wälder. Doch eine Sache war merkwürdig. Überall lagen Steine herum. Kleine und große. Als ich mich aufgerichtet hatte, schaute ich mich um und fiel in eine Schockstarre.

„Amelia!", schrie ich.

Mein Herz pochte wie wild. Schnell stand ich auf und humpelte zu ihr.

Oh nein!

Ich ließ mich neben sie auf die Knie fallen und strich ihr die Haare aus dem Gesicht. Sie lag regungslos da.

Ach du scheiße...

Ich hielt meinen Finger unter ihre Nase, um zu gucken, ob sie atmete. Sie tat es.

Ihr ganzes Gesicht war voller Wunden und Blut. Ich zitterte vor Angst. Durch meine Panik wusste ich nicht, was ich machen sollte. Ich war mal Schulsanitäter gewesen und konnte nicht handeln. Ich hatte nichts dabei, nur meine Kleidung. Ich wollte einen Rucksack mitnehmen, hatte es aber unglücklicherweise vergessen.

Ich sah ein paar Meter entfernt einen kleinen Teich. Ich humpelte mit schmerzendem Rücken zu dem Teich und zog mein T-Shirt aus. In der Spiegelung sah ich, dass auch mein Gesicht einige kleine Schnittwunden abbekommen hatte, doch Amelias waren schlimmer.

Ich tunkte mein T-Shirt in das Wasser und humpelte zurück zu Amelia. Ich kniete mich zu ihr und hob sie so an, dass ihr Kopf auf meinem Oberschenkel lag. Mit dem vollgesogenen T-Shirt fuhr ich vorsichtig über ihre Wunden. Ich konnte sie nicht anders behandeln, ich hatte nur das Wasser. Ich hoffte einfach, dass das Wasser sauber genug war und sie keine Entzündungen bekommt. In dem Teich waren keine Lebewesen zu sehen. Weder Insekten noch andere Fische und das Wasser war ziemlich klar.

Mein Oberteil hatte viele Blutflecken. Als ich das komplette Blut von ihrem Gesicht entfernt hatte, legte ich es weg und versuchte sie in eine aufrechte Position zu bringen. Ich hatte keine Möglichkeit mich anzulehnen, also setzte ich mich mit ausgestreckten Beinen hin, hob sie vorsichtig an und lehnte sie seitlich an meine Brust. Ihre Hände waren kalt. Ich nahm sie und versuchte sie mit meinen zu wärmen. Mir flossen ein paar Tränen. Meine Panik und Angst sie zu verlieren, drang so tief in mich hinein, dass ich meine Emotionen nicht mehr unter Kontrolle hatte.

„Bitte ... wach auf, Amelia. Ich möchte dich nicht verlieren. Du bist ... das beste Mädchen, das ich je kennenlernen durfte. Verlass mich nicht", flüsterte ich vorsichtig in ihr Ohr.

Ihren Kopf an meiner Brust streichelte ich vorsichtig. Ihre weichen Haare nahm ich ihr vom Gesicht und legte sie nach hinten.

Ich wusste, dass sie mich nicht hören konnte. Ich legte meine Hand an ihr Herz und spürte es pochen. Tief ein und tief ausatmend, beruhigte ich mich wieder. Jetzt konnte ich nur warten.

Ich umarmte sie, damit ich sie besser stützen konnte. Ihre Nähe gab mir Kraft und ihr Duft war unglaublich schön. Ihre Haare rochen nach einem blumigen Shampoo. Diese Höhle hatte ihren schönen Duft nicht genommen.

Ich spürte, wie sich etwas bewegte. Ich öffnete die Augen und sah, wie Amelia aufwachte. Sie streckte sich und atmete tief aus.

„Aiden? ... Warum hast du Schnittwunden im Gesicht? Wurdest du von einem Tier attackiert und warum bist du Oberkörperfrei?"

„Lange Geschichte", sagte ich und zeigte nach hinten. Erinnerst du dich nicht an die Höhle und die Kristalle? Ein Wunder ist geschehen und wir haben überlebt."

Sie schaute sich um und ihr Blick landete schlussendlich auf meinem nassen und blutigen T-Shirt. Sie drehte sich wieder zu mir und zeigte darauf.

„Wie ist *das* passiert?"

„Du bist verletzt, Amelia. Deine Schnittwunden sind stärker als meine. Ich bin zu diesem Teich gelaufen und habe dein Gesicht versucht zu säubern, weil ich nichts anderes dabeihabe. Aber keine Sorge, das Wasser ist sauber."

„Danke, Aiden. Ich bin noch immer schockiert über ... " Ich schüttelte den Kopf.

„Wichtig ist erstmal, dass wir wieder zurück in die echte Welt kommen und uns erholen."

Sie dachte nach. „Wir können zu mir, dann machen sich deine Eltern nicht so viele Sorgen. Ich kann dir ein T-Shirt leihen und jetzt kannst du erstmal meine Strickjacke nehmen. Nicht dass du komische Blicke abbekommst."

Sie zog ihre graue Strickjacke aus und gab sie mir. „Die habe ich extra eine Nummer größer gekauft, damit ich länger etwas von ihr habe, also sollte sie dir definitiv passen."

Ich zog sie an und schloss den Reisverschluss. „Passt perfekt."

Ich rappelte mich auf und reichte ihr die Hand.

Sie legte ihre in meine und stand auf. „Danke.“

Wir hatten Glück und trafen niemanden auf dem Rückweg. Als wir ihr zuhause erreichten, gingen wir direkt ins Bad. Sie gab mir den Erste-Hilfe-Kasten.

Ich nahm mir erstmal eine Zinksalbe daraus. „Habt ihr zufällig Teebaumöl? Das wirkt entzündungshemmend.“

„Ich schaue mal nach.“

Sie ging zum Schrank und schüttelte den Kopf. „Leider nicht.“

„Dann müssen wir auf die Wunder der Salbe hoffen. Hauptsache wir haben keine verbleibenden Narben.“

Ich gab ihr eine kleine Menge. „Trag das vorsichtig auf die Wunden auf. Ich bin kein Arzt, aber das sollte helfen.“

Sie lächelte mich an. „Du bist wirklich fürsorglich, danke. Und du hast dein T-Shirt für mich geopfert.“

„Ja, das ist für die Tonne. Ich glaube nicht, dass ich das wieder so sauber bekomme“, sagte ich lachend, während ich die Salbe auf meine Wunden auftrug.

„Ich gebe dir gleich eins. Dann kannst du meine Strickjacke ausziehen.“

Am liebsten würde ich sie anbehalten.

Ich nickte sie lächelnd an.

„So. Ich bin fertig“, sagte sie und sah mich besorgt an. „Sieht das schlimm aus?“

Ich schüttelte den Kopf.

„Überhaupt nicht. Die Salbe muss erstmal einwirken. Das sollte bis morgen schon besser aussehen. Mach dir keine Sorgen.“

Sie nickte verlegen. Wir gingen in ihr Zimmer und dort setzte ich mich auf ihre Bettkannte.

„Tut mir leid, dass ich überall so viel liegen habe. Ich habe noch nicht aufgeräumt."

„Schon okay", sagte ich und stand wieder auf und zog dabei die Jacke aus. Als sie mir den Rücken zuwendete, nutzte ich die Gelegenheit an ihrer Jacke zu riechen, um ihren Duft noch etwas länger im Sinn zu haben.

Amelia drehte sich um und blickte erst in mein Gesicht und dann auf meinen Oberkörper.

Sie schmunzelte. „Trainierst du heimlich", fragte sie und verschränkte die Arme vor ihrer Brust.

„Ich bin Leichtathletiker, schon vergessen? Training gehört dazu."

Sie ging auf ihren Schrank zu und öffnete ihn. „Das sieht man dir jedenfalls sehr gut an", sagte sie und holte ein T-Shirt raus.

„Danke." Ich wurde rot.

Sie reichte es mir und setzte sich auf ihr Bett.

„Soll ich so bleiben?", fragte ich lachend, als ich sah, wie ihr Blick auf meinem Bauch landete.

„Aiden ... Wird das nicht etwas komisch, wenn du hier die ganze Zeit Oberkörperfrei rumläufst?", fragte sie und schmunzelte.

Ja, stimmt." Ich zog das T-Shirt an und setzte mich zu ihr.

Mein Handy klingelte. „Meine Eltern. Da muss ich kurz rangehen."

„Kein Problem."

Nach dem Telefonat setzte ich mich zu ihr auf das Bett.

„Wenn du die Möglichkeit hättest einen großen Wunsch für die Menschheit zu haben, was würdest du dir dann wünschen?", fragte ich sie.

„Gute Frage. Ich glaube, das Erste, was ich mir wünschen würde, wäre es, den Hunger zu stoppen. Es ist leider sehr utopisch, aber wenn es möglich wäre, würde ich es auf jeden Fall wollen."

„Das ist echt gut. Könntest du dir in Zukunft vorstellen, auch wenn es nur einen kleinen Teil der Welt betreffen würde, in Länder zu Reisen, die unter Hungersnot leiden und dort den Menschen ein Lächeln ins Gesicht zaubern, indem du, ich weiß nicht, warme Mahlzeiten verteilst?"

Sie nickte. „Definitiv. Ich finde es manchmal echt schade, wie wir als Menschen, denen es sehr gut geht, für Dinge Geld ausgeben, obwohl wir das Geld Für andere Dinge nutzen könnten, wie Spenden oder was du gerade meintest."

Wow. Ihre Worte waren echt bewundernswert.

„Und du? Was würdest du machen?", fragte sie.

Ich schmunzelte. „Ich würde dich sehr gerne begleiten."

Für einen Moment saßen wir stumm voreinander und schauten uns an. Ein Lächeln bildete sich in ihrem Gesicht, was sie verlegen auf ihre Bettdecke schauen ließ. „Wirklich?" Sie sah mir wieder in die Augen. Ich nickte.

„Ich hätte nichts dagegen, Aiden."

Ich reichte ihr meine Hand. „Ziehen wir das durch?"

Sie legte ihre Hand in meine. „Ja. Abgemacht."

Ich atmete aus. Wenn wir wieder zu der Höhle kommen", begann ich. „Das ist so verrückt, in was Rose uns da reingeschickt hat."

Amelias lächeln verschwand. „Ich weiß wirklich nicht, warum sie das tun sollte." Sie brach den Augenkontakt. „Ich meine, beinahe zu sterben ist doch kein Erfolg, der uns weiterbringt."

Ich nickte. „Du hast recht. Vielleicht war das eine Art Mutprobe."

„Ja, oder wir müssen noch einmal da rein."

Kapitel 12 – Amelia

Als ich Isabella am nächsten Schultag traf, riss sie erschrocken die Augen auf. „Ach du ... Amelia ... Was ist mit dir passiert?"

„Lange Geschichte. Ich bin im Garten in unser Rosenbeet gefallen. Ich weiß, es klingt merkwürdig."

Schon wieder gelogen ...

„Tut es weh?"

„Nicht mehr. Mach dir keine Sorgen. Mir geht es gut."

„Hat dich Aiden verarztet?", fragte sie und schaute mich an, als wüsste sie, dass ich mit ja antworten würde.

„Ja. Er war zufälligerweise bei mir."

Das war diesmal nicht gelogen...

„Ich wusste es. Bist du dir sicher, dass nichts zwischen euch läuft?"

Ich rollte mit den Augen. „Isabella. Wie oft denn noch? Wir sind nicht zusammen. Wir sind nur Freunde."

Sie lächelte. „Warum seht ihr euch dann immer so an? Bist du dir sicher, dass Freunde sich so ansehen?"

Ich gab auf. „Komm, wir gehen in die Klasse", sagte ich lachend. Mit schnellem Fuß folgte sie mir und wir betraten den Klassenraum.

„Wie ihr ja wisst, ist morgen das jährliche Sommerfest", sagte Frau Schneider am Ende der Stunde. „Denkt bitte daran, die Sachen, für die ihr euch eingetragen habt, mitzubringen."

Oh nein!

„Ich habe das voll vergessen. Ich muss noch etwas backen", flüsterte ich Isabella zu.

„Soll ich zu dir kommen und helfen?"

Ich nickte.

„Um drei bin ich bei dir."

Ich zeigte ihr einen Daumen nach oben und bildete mit meinen Lippen ein stummes „Danke".

„Geht es dir besser?"

Auf dem Schulhof betrachtete Aiden meine Wunden. Ich zuckte mit den Schultern. „Ja, auf jeden Fall. Es tut nicht mehr weh", sagte ich. „Danke, dass du fragst."

Mich hatte keiner bis auf Isabella darauf angesprochen. Da ich mit meinen Eltern nicht über Video telefoniert hatte, haben die auch nichts davon mitbekommen. Sie würden sich sicherlich Gedanken machen und sofort zurückkommen. Keiner sollte denken, dass ich mich selbst verletzt hatte oder verletzt wurde. Das bleibt alles unter Aiden und mir. Nicht mal Louis sollte es wissen.

Isabella kam auf uns zu.

„Hey Aiden ... Äh ... Bist du auch ins Beet gefallen?", fragte sie.

Er hob die Brauen. „Welches Beet?" Er schaute zu mir und ich machte große Augen, um ihm zu signalisieren, dass er mitspielen musste.

Er drehte sich wieder zu ihr. „Ach du meinst *das* Beet." Sein Finger wanderte zu seinen Wunden im Gesicht. „Ja, bin ich", sagte er vorsichtig.

Bevor er sich etwas anderes ausdenken konnte, übernahm ich die Erklärung. "Er ist über einen Strauch gestolpert."

Er nickte. „Ja, das ist leider blöd für uns beide gelaufen. Aber die Salbe hat etwas gebracht. Es sieht nicht mehr so schlimm aus wie gestern."

„Konntest du denn gut schlafen?", fragte ich ihn besorgt, als Isabella zu Larissa und Anna rüber lief und ich kurz mit Aiden allein war.

Er biss sich auf die Unterlippe und senkte den Kopf. „Ich bekomme es immer noch nicht aus dem Kopf. Ich bin immer wieder aufgewacht, weil ich dachte, in der Höhle zu sein ... Es war ein Wunder, dass wir da rausgekommen sind."

„Vielleicht war Magie im Spiel?", warf ich ein.

„Ja, kann sein. Jedenfalls musste ich es verarbeiten. Ich wollte mein Bestes geben."

Das hast du definitiv. Du kannst stolz auf dich sein."

Er sah mir in die Augen und fuhr sich durch die Haare. „Was ich dir noch sagen wollte-"

„Hey. Was geht?" Phillip und Henry standen hinter uns.

„Oh, hey." Aiden drehte sich um. Die beiden sahen ihn genauso an, wie Isabella mich zuvor anschaute.

„Junge, Aiden. Läuft da was?", flüsterte Henry, aber so, dass ich es hören konnte.

Aiden flüsterte ihm auch etwas zu, gab sich aber mehr Mühe mit dem Flüstern. Leider. Denn seine Worte verstand ich nicht.

Henry lächelte mich kurz an und klopfte Aiden auf die Schulter. Danach zogen sie wieder ab.

Was hat er ihm gesagt? Ging es etwa um mich?

Aiden seufzte. „Was ich-"

„Amelia. Ich habe ganz vergessen, dass wir heute zu meinen Großeltern fahren und auch bei ihnen übernachten werden." Isabella tauchte wieder auf. „Es tut mir leid, aber ich kann heute leider nicht zu dir kommen."

„Mach die keinen Kopf. Dann backe ich eben allein. Kriege ich schon hin."

„Ich kann dir helfen, wenn du möchtest", sagte Aiden. Er ließ seinen Blick im Wechsel zu Isabella und mir wandern. Isabella fing an zu strahlen. „Das wäre sehr nett von dir, Aiden. Nicht wahr, Amelia?"
Unauffällig gab ich Isabella einen kleinen Schubs und guckte sie mit großen Augen an. „Klar. Du kannst gerne um drei vorbeikommen."
„Sei ein guter Vertreter", flüsterte Isabella Aiden zu und zwinkerte in meine Richtung. Ich rollte wieder mit den Augen.
Als ich nach der Schule zu Hause war, setzte ich mich ins Wohnzimmer und las ein Buch.
Ein Backrezept hatte ich bereits ausgesucht und die dafür benötigten Zutaten rausgestellt. Ich musste nur noch auf Aiden warten. Die Zeit verging sehr langsam. Nach jedem Kapitel meines Buches schaute ich auf die Uhr. Sie zeigte gerade mal halb drei an.
Als es klingelte, steckte ich mein Lesezeichen zwischen die Seiten und lief zu Tür.
Es war Aiden.
„Komm rein, es steht schon alles bereit."
Er zog seine Schuhe aus und wir gingen in die Küche.
„Apfelkuchen?" Er zeigte auf die Äpfel, die auf dem Tisch lagen.
„Ich liebe Apfelkuchen. Ich denke, das wird den meisten schmecken. Es ist auch ein einfaches Rezept."
Aiden ging zum Waschbecken, um sich die Hände zu waschen.
„Hast du schon mal gebacken?", fragte ich ihn.
Er trocknete sich die Hände ab und kam wieder an den Tisch. „Klar."
Er schmunzelte. „Macht es dir nicht auch Spaß?"
Ich nickte. „Doch, klar. Wollen wir anfangen?"
„Los geht's. Soll ich die Äpfel schneiden?", fragte er.
Ich nickte und lächelte vor mich hin.
Er nahm sich einen Apfel und begann ihn erstmal zu schälen. Als er kurz aufschaute, bemerkte er, dass ich ihn ansah. Er wischte sich ein Haar aus dem Gesicht und lachte. „Mache ich etwas falsch?"

Ich schüttelte, das Lachen erwidernd, den Kopf. „Nein, ich bewundere nur, dass du so motiviert bist."

Er nahm sich den nächsten Apfel. „Wir haben gesagt, dass wir immer füreinander da sind. Schon vergessen?"

Ich musste schmunzeln. „Nein, habe ich nicht."

Ich bereitete den Teig vor. Als alles bereit war, schob ich den Kuchen in den Ofen. „So, der muss jetzt erstmal backen." Ich winkte ihn ins Wohnzimmer. „Komm, wir warten."

Wir setzten uns mit ein paar kleinen Snacks auf die Couch.

„Morgen ist zwar Samstag, wir müssen aber trotzdem um acht an der Schule sein. Hast du die E-Mail gelesen?", fragte ich.

„Ja, die habe ich bekommen. Wann hast du eigentlich Geburtstag?", fragte er mich vollkommen unvermittelt.

„Am zehnten Oktober. Wieso?"

„Nein ..." Er hielt sich die Hand vor den Mund.

Ich legte meinen Kopf verwirrt zur Seite. „Äh, doch."

„Nein ... Ich meine, ja. Soll ich dir was sagen?"

„Was? Ich bin verwirrt ..."

Was kommt jetzt?

„Ich habe auch am zehnten Oktober Geburtstag."

„Nein ..." Jetzt war ich diejenige, die sich die Hand vor den Mund schlug.

„Doch."

Wir lachten.

„Und was ist mit deiner Lieblingsfarbe? Wir müssen denke ich langsam zu diesen Fragen kommen, oder nicht? Als Freunde sollte man das ja schon wissen", sagte ich. „Wir kamen nie richtig dazu."

„Ja das stimmt. Meine Lieblingsfarbe ist grün. Olivgrün", sagte Aiden.

„Oh, was ein Zufall. Meine Augenfarbe ist Olivgrün." Ich zeigte auf meine Augen.

„Ich weiß. Die Farbe ist wunderschön. Welche ist deine?" Er sah mir in die Augen und schmunzelte.

„Beige. Ich stehe auf neutrale Farben. Beige und auch hellbraun. Wenn du mich nach Farben des Regenbogens fragst, würde ich hellblau sagen."

„Schön. Jeder Mensch ist verschieden. Es ist normal, dass nicht jeder unbedingt knallige Farben mag. Deine Hobbys?"

„Ich lese, wie schonmal erwähnt, sehr gerne. Später möchte ich mal ein eigenes Buch schreiben. Eine Geschichte. Wer weiß, was mir bis dahin einfällt. Ich liebe es, meiner Fantasie freien Lauf zu lassen."

„Du könntest über unsere Reise in der Welt schreiben."

Meine Augen weiteten sich. „Aiden ... Die Idee ist voll gut. Wenn unsere Reise ein Ende haben sollte, wäre das sicherlich eine gute Geschichte. Danke."

„Gerne. Übrigens, ich habe gute Neuigkeiten."

„Die wären?"

Er beugte sich näher zu mir. „Ich habe einen Verein gefunden."

Ich lächelte. „Glückwunsch. Ich hoffe für dich, dass du dich dort gut aufgehoben fühlst."

„Danke. Am Dienstag habe ich meinen ersten Trainingstag. Vorher können wir aber noch in die Welt, wenn du magst."

Ich ließ meine Schultern hängen und löste meinen Blick von ihm. „Wo wir dabei sind, können wir vielleicht nicht direkt morgen, sondern erst Sonntag in die Höhle? Der morgige Tag soll gut in Erinnerung bleiben. Ich möchte mich nicht stressen. Wir wissen ja auch gar nicht, wann genau das Fest morgen zu Ende sein wird.", fragte ich ihn.

Er lächelte. „Kein Problem."

Am nächsten Tag wartete ich an der Schule auf Isabella und Aiden. Den Kuchen hatte ich bereits zu den anderen mitgebrachten Snacks und Leckereien auf den Tisch gelegt. Die anderen aus meiner Klasse waren alle auf dem Schulhof verteilt. Ich saß auf einer der vielen Bänke und nahm mein Handy aus der Tasche.

Das Sommerfest findet immer für alle Stufen getrennt statt. Die Schule hatte einen Bereich, den man nur zu speziellen Ereignissen betreten darf, deswegen sah er auch immer gepflegt aus. Die Wiese war saftig grün und die Tische sauber.

Unsere Schule feierte jedes Jahr kurz nach den Sommerferien ein Fest. Eltern waren auch herzlich willkommen, doch meine konnten dieses Jahr leider nicht dabei sein.

„Amelia!"

Ich hob den Kopf. Isabella kam auf mich zu. Sie trug zwei volle Tüten in der Hand.

„Soll ich dir helfen?"

„Passt schon. Ich stell das gleich alles auf den Tisch." Sie atmete aus. Ich stand auf und gab ihr eine Umarmung. Als ich über ihre Schulter blickte sah ich Aiden. Isabella drehte sich um und lächelte.

„Da kommt er. Aufgeregt?"

Ich guckte sie mit leicht geneigtem Kopf an.

Es war das erste Fest mit ihm. Wir kannten ihn erst seit knapp zwei Wochen und ich fand gut, dass er sich so schnell bei uns eingelebt hatte. Wie das mit Louis ist, ist schwer zu beschreiben. Er hat Freunde gefunden, aber dennoch schwirrt in mir ein wenig Mitleid, weil ich, vermutete, wo seine Schwester war, er, aber wiederum wusste überhaupt nichts von dem, was wir die letzte Zeit so machten, abgesehen davon, dass es eben ein Geheimnis gibt. Er hatte uns auch nicht wieder darauf angesprochen, nachdem Aiden ihm die Wahrheit erzählt hatte. Dass er das eventuell rumgesprochen hat, ist auch zum Glück noch nicht passiert.

„Morgen", begrüßte Aiden uns.

„Guten Morgen. Freust du dich?", fragte ich ihn.

„Auf den Apfelkuchen? Ja, sehr."

Ich schnaubte lachend. „Ich meinte eigentlich dein erstes Fest mit unserer Klasse."

„Ach, so. Ja klar, darauf auch."

Ich nahm eine von Isabellas Tüten. Zu dritt gingen wir rüber zu den Tischen und legten alles ab.

Wir spielten Spiele, aßen gemeinsam und genossen die warme Sonne und den leichten Wind, der uns abkühlte. Ich dachte nicht mehr an die negativen Erlebnisse. Der Tag konnte nicht noch besser werden. Alle hatten Spaß und Freude, wie jedes Jahr in derselben Zeit im Sommer. Meine Freunde waren glücklich, ich auch. Aber manchmal sind die schönsten Erlebnisse einfach zu kurz, vor allem wenn man sie mit seinen Liebsten erlebt.

Der Tag verging wie im Fluge und viel zu schnell brach der Nächste an. Die Freude wurde zu Aufregung und Nervosität. Aiden und ich standen ein weiteres Mal vor der Höhle, die uns schlecht in Erinnerung blieb.

„Jetzt oder nie." Mein Herz klopfte schneller.

Aiden sah mich an. „Jetzt." Er knipste die Taschenlampe an, die er für dieses Mal mitgenommen hatte und wir wagten uns hinein. Es war wie am ersten Tag. Wir wussten nicht, was auf uns zukommen würde, wenn wir jetzt wieder einen Fehler begehen würden. Ein weiteres Mal standen wir an der Gabelung. Es gab keinen Hinweis darauf, dass die Höhle auf der rechten Seite zusammengefallen war. Es führte trotzdem noch ein Gang in die Richtung.

Wir nahmen den linken Weg.

Seufzend atmete ich aus und konzentrierte mich auf das, was ich vor mir sah. In der Ferne war nochmals ein kleines Licht zu erkennen. Der Weg kam mir allerdings noch etwas länger vor als im rechten Gang. Dem unheimlichen. Tödlichen. Niemals würden wir erneut einen weiteren Schritt in diese schreckliche Höhle setzen. Zumindest ging ich davon aus, dass Aiden es auch nicht machen würde.

„Wow ... Amelia, ich glaube wir sind richtig."

Wir standen in einem mit alten Steinen verzierten Raum, der nur mit einer Fackel und einem großen Felsen inmitten besetzt war. Der Raum war viel kleiner als der mit den Kristallen und hatte etwas Mystisches an sich. Die Atmosphäre war durch die flackernde Fackel düster gestimmt und man konnte dumpfe Geräusche hören, die vermutlich hinter diesen Wänden entstanden. Sie waren tief und brummig.

Aiden und ich standen angewurzelt vor dem Felsen, als es plötzlich knackte.

„Was war das schon wieder?", fragte er und ging einen Schritt nach vorn.

Ich schaute mich um. „Wir fassen lieber nichts an", sagte ich und lief auf die rechte Wand zu. „Schau mal. Hier ist glaube ich der nächste Hinweis."

In diesem großen Felsen war ein Stück Holz eingesetzt, auf dem etwas stand.

„Ihr habt die Hälfte eurer Reise hinter euch. Findet das magische Element dieser Welt und nutzt es mit Vorsicht", las ich vor.

Ich drehte mich zu Aiden. „Wir haben die Hälfte geschafft."

„Eine zweite liegt aber noch vor uns."

Da hatte er recht, dennoch war es ein gutes Gefühl zu wissen, dass es nicht mehr allzu lange dauern würde.

Wir beide sahen uns an, doch ohne auch nur eine Sache berührt zu haben, knallte es.

Kapitel 13 – Aiden

Wir zuckten zusammen. Schnell zog ich Amelia zu mir. „Alles gut. Ich will dich nur schützen."

Der Knall hinterließ ein dumpfes Rumpeln, das durch die Wände drang.

Es klingt so schrecklich...

Ihr Kopf lag wieder auf meiner Brust, meine Arme um ihren Rücken. Es sah nicht danach aus, als sollte ich sie loslassen. Im Gegenteil. Sie umarmte mich.

Der Boden bebte, doch es ließ schon wieder nach.

Ich schloss die Augen und verlor mein Gleichgewicht. Mit Amelia im Arm stolperte ich und berührte versehentlich den Stein. Auch er begann zu beben. Er brach in mehrere Teile und ich drückte Amelia noch fester an mich. „Keine Angst."

Das sagte ich ihr zwar, doch ich hatte leider selbst Angst, dass uns noch einmal etwas passierte. Es kam mir wie ein déja vu vor.

Ich stand mit Amelia mitten in der Höhle. Sie sagte nichts, doch ich konnte ihre Angst spüren.

Bitte ... Wir müssen heil wieder rauskommen ...

Ehe ich versuchte mit Amelia zum Eingang zu gehen, verstummte das Geräusch. Ich beugte mich zu dem Stein und konnte meinen Augen nicht trauen. Ich löste mich langsam von ihr, obwohl ich es eigentlich nicht wollte. Es war einfach zu schön, bei ihr zu sein.

„Ist es vorbei?", fragte sie mich.

„Ich denke schon." Ich ging auf den Stein zu und sah immer noch auf das, was sich am Stein bildete. „Amelia. Ich glaube wir haben das Element gefunden."

Sie kam zu mir und schaute es sich an.

Mit zitternden Händen, die mich eigentlich zurückhalten sollten, denn wir konnten hier nichts mehr trauen, was wir anfassten, nahm ich es aus dem Stein heraus. „Was soll das sein?", fragte ich sie, so als wüsste sie, was es war, obwohl sie genau so erstaunt war wie ich. Es war ein kleines goldenes Säckchen. Ich gab es ihr und sie zog an einem roten Band, welches um das Säckchen gebunden war, und ein Hauch von goldenem Staub flog in die Luft. Sie wedelte mit der Hand und drehte den Kopf zur Seite. Als es sich aufgelöst hatte schaute sie rein und hielt stumm den Mund offen.

„Was ist?" Ich sah sie erwartend an.

„Das ist der Staub, der immer in der Luft war, als Rose aufgetaucht ist. Ich vermute, dass das Feenstaub ist, Aiden."

Unglaublich.

Vorsichtig verließen wir die Höhle, doch nach ein paar Schritten begannen wir zu laufen. So schnell wie möglich rasten wir durch den Gang, wir wollten hier unbedingt raus. Als wir endlich ans Licht gekommen waren, sahen wir uns den Feenstaub noch etwas genauer an.

„Du solltest es nehmen. Du hast es verdient", sagte ich

„Wieso denn ich? Du bist hier der mutigere. Du hast es verdient."

Ich schüttelte den Kopf. „Behalt du es. Vertrau mir. Du hast es verdient. Du bist die, die unsere Ringe gefunden hatte."

Meine Worte ließen ihren Blick lächelnd auf ihren Ring wandern. „Danke." Sie nahm es an sich. „Auf geht's. Lassen wir diese schreckliche Höhle und diesen Berg endgültig hinter uns!"

Wir folgten einem steinigen Weg hinab. Je weiter wir uns der Ebene näherten, desto grüner wurde es um uns herum. Blumen in den verschiedensten Farben wuchsen kreuz und quer, Bäume ragten hoch hinaus und die Sonne schien in breiten Strahlen durch die Sträucher und Baumkronen hindurch. Es sind wieder die kleinen, schönen Momente in dieser Welt, doch das Schönste ist ...

Amelia ... Sie ist die richtige...

Den richtigen Moment abzuwarten ist manchmal echt hart für mich. Freundschaften liefen leider nicht immer gut oder hörten schnell auf. Ich schaute dann meistens weiter, doch bei ihr habe ich Angst. Sie hat einen wundervollen Charakter und ist so liebevoll. Einen Menschen in so kurzer Zeit zu vertrauen, ohne vorher etwas miteinander zu tun gehabt zu haben mag für viele vielleicht nicht in Frage kommen, doch bei ihr weiß ich, dass sie mir vertraut. Genauso tue ich es. Ich vertraue ihr vollkommen. Und ich wollte nicht, dass unsere Freundschaft nach der Reise endete.

„Guck mal", sagte Amelia.

Ich konnte es sehen. Es gab so viele unglaubliche Dinge, die wir zu Augen bekommen haben. Allein, dass diese Welt existiert, ist unglaublich.

Es war ein Baum, aber kein normaler.

„Was ein wunderschöner Baum", sagte sie und hielt ihre Hände in die Luft.

Die Baumkrone war erstreckte sich weit über uns. Wie ein Spiegel blendeten die goldenen Blätter, wenn das Sonnenlicht sie reflektierte. Kleine Goldpartikel landeten wie Schnee auf dem Boden.

Ich sah mir den Stamm genauer an. Vorsichtig strich ich mit meiner Hand ein wenig Goldstaub zur Seite. Dahinter versteckte sich eine Goldplatte mit Gravur.

Amelia stellte sich zu mir und las vor.

„Dies ist das Herzstück dieser Welt. Ein magischer Ort. Nehmt acht. Kommt ein anderes Mal wieder."

Sie sah mich an.

„Wir müssen morgen weitermachen", sagte ich.

Sie nickte. „Schon wieder eine Warnung. Die Welt macht, was sie will, wie wir bereits erlebt haben."

Ich nickte ebenfalls. „Hoffen wir auf Gutes."

Mit diesem Hinweis verließen wir die Welt.

Kapitel 14 – Amelia

Wie abgemacht kehrten wir am nächsten Tag in die Welt zurück. Doch der Baum war nicht mehr da, wo wir ihn zuletzt verlassen hatten. Was übrig blieb war ein wenig Goldstaub auf der Wiese. Der Himmel war bewölkt und es war kalt. Wir beide trugen nur ein T-Shirt. Ich begann zu zittern. Ein großes Loch war vor uns. Als wäre der Baum aus der Erde gerissen worden.

„Was ist hier passiert?"

„Ich habe absolut keine Ahnung, Amelia."

Wir schauten uns gründlich um.

„Es sieht schlecht aus", sagte Aiden. Er wurde unruhig und begann sich hektisch hin und her zu bewegen. Dabei sah er sich rechts und links um und erwiderte meinen Blick nicht.

„Was meinst du?"

„Ich fürchte das ist mein Ende."

„Bitte was? Aiden ...?"

Ehe er mir antworten konnte, war er weg. Verschwunden. Es war ein quietschendes Geräusch zu hören und dann sah ich nur ein paar Goldpartikel in der Luft. Mein Herz begann zu rasen. Ich war allein. Allein in dieser Welt. Er war weit und breit nicht zu sehen.

Ich lief den Hügel runter und rannte ein Stück weiter. Die Wolken zogen sich immer weiter zusammen und es wurde dunkler. Es begann zu regnen. Meine Kleidung und meine Haare wurden immer nasser.

Ich atmete tief ein und aus, um klar zu denken und nicht in Panik zu geraten.

„Er ist weg, aber ich kann nicht gehen … Was soll ich machen?", sagte ich zu mir selbst und ließ meinen Blick durch die Gegend wandern. Die Blumen verloren alle ihre Farben und verblassten. Tiere zogen sich zurück und suchten sich einen Unterschlupf, doch ich hatte nichts. Mein Herz begann dennoch stark zu pochen und mir blieb langsam die Luft weg. Der Regen tropfte von meinen Haaren runter.

Ich lief ein Stück den Weg runter, doch vor mir endete es in einer großen Schlucht. Ich kickte einen Stein runter, doch es erklang kein Ton.

„Sie muss tief sein."

Plötzlich sah ich nur noch verschwommen. Bevor ich reinfallen konnte, drehte ich mich vorsichtig um.

Ein klingeln ertönte.

Ich blickte mich um und riss die Augen auf und realisierte, dass ich in meinem Bett lag. Völlig verwirrt.

Ich rappelte mich auf und hielt mir die Hand vor den Kopf.

Das war alles ein Traum … Oder doch real?

Ich musste Aiden anrufen.

„Guten Morgen. Alles gut, Amelia?" Seine Stimme klang verschlafen.

„Du hast nicht von der Welt geträumt, oder?"

„Nicht das ich wüsste. Du hast mich geweckt."

„Oh, das tut mir leid. Wollte ich nicht." Ich war erleichtert, ihn zu hören.

„Aber ich habe von Anima geträumt. Du bist verschwunden und ich stand nach wenigen Schritten vor einer tiefen Schlucht. Meine Sicht verschwamm und dann hat mein Wecker geklingelt."

„Hm, komisch. Aber wir haben nur geschlafen, also kann es nichts bedeuten."

„Wieso?", fragte ich. „Es kann ein Zeichen sein, Aiden."

„Ja, du hast Recht … Es könnte vielleicht wirklich ein Zeichen sein. Ich habe zwar noch nie an Traumdeutung geglaubt, aber bei dieser Welt weiß man nie …"

Ich hörte seine Decke im Hintergrund. „Ich stehe dann auf. Wir sehen uns."

„Ja, bis gleich."

Ich ging ins Badezimmer und machte mich für die Schule fertig. Als ich mich im Spiegel ansah, bemerkte ich meinen neuen Pickel an der Stirn.

„Der Traum war wohl zu stressig, nicht wahr?", sagte ich zu mir selbst. Ich war kurz davor, ihn auszudrücken, ließ es aber bleiben. Dann hätte ich nämlich einen fiesen roten Punkt auf der Stirn. Ich hoffte einfach, er verschwand genauso schnell, wie er auch gekommen ist.

Ich stellte mir beim Zähne putzen plötzlich die Frage, warum die Schwester von Louis den Ring vor uns hatte. Wenn meine Vermutung stimmt, dann muss sie in der Welt gewesen sein.

Musste sie auch diese Reise machen? Was ist mit ihr passiert?

Ob Rose davon etwas wusste oder ob sie die Ringe verloren haben und Rose sie gefunden hat. Es gibt so viele mögliche Antworten, die in meinem Kopf rumschwirrten. Das Wichtigste war aber erstmal, die beiden zu finden, wenn sie in der Welt waren, wie wir es vermuteten. Fragen kann man in aller Ruhe klären. Wir mussten den nächsten Hinweis finden. Ich hoffte, dass ich es kein weiteres Mal erlebte und der Baum wirklich verschwunden war.

„Hast du deinen Ring eigentlich wiederbekommen?", fragte mich Larissa, als ich mich auf meinem Platz im Klassenraum setzte.

„Ja. Aiden und ich konnten es klären."

„Gut. Dieser Louis hat kein Recht ihn einfach zu behalten. Der hat nach einer Woche gezeigt was für einer er wirklich ist. Wir sollten aufpassen."

Am liebsten würde ich ihr jetzt sagen, was sein Grund war, doch das konnte ich nicht. Wäre zu riskant gewesen. Sie würde mich sicherlich komplett ausfragen wollen. Ich glaube, auch wenn ich nie richtig mit ihm ein Wort ausgetauscht habe, dass es ihm nicht leichtfiel, Aiden den Ring zu geben. Wenn ein Familienmitglied von mir vermisst wäre, würde ich auch fast alles tun. Aber nicht stehlen. Dafür ist mein schlechtes Gewissen zu stark. Ich wäre andere Wege gegangen, doch daran wollte ich nicht denken.

„Guten Morgen. An was denkst du?", fragte mich Aiden.

Ich löste mich aus meiner Starre und erwiderte seinen Blick.

Larissa saß mittlerweile wieder auf ihrem Platz.

Aiden setzte sich auf Isabellas Stuhl neben mir. Ich vergewisserte mich, dass uns niemand hören konnte.

„Larissa hat mich nach meinem Ring gefragt. Sie findet, dass Louis sich direkt unbeliebt gemacht hat. Der Arme vermisst seine Schwester, aber niemand weiß das."

Bevor er antworten konnte, sah ich Isabella auf uns zukommen. Ich gab ihm einen leichten Schubs, um es ihm zu signalisieren. „Sie kommt. Wir reden später."

Er stand auf und ging zu seinem Platz.

„Hey. Gut geschlafen?", fragte ich meine beste Freundin.

Sie sah etwas müde aus. Unmotiviert setzte sie sich und holte ihre Sachen raus.

„Geht so. Unser Nachbar hat gestern eine Garten Party geschmissen. Und dass bis spät in die Nacht. An einem Sonntag."

„Oh, du arme."

„Ja, ich bin bestimmt erst um zwei eingeschlafen und musste um sechs aufstehen. Toller Wochenstart."

„Habt ihr für den Test gelernt?", fragte uns Anna. Sie tauchte plötzlich hinter uns auf.

„Welcher Test?" Ich drehte mich schockiert zu ihr um.

„Chemie. Wir schreiben eine Abfrage. Schon vergessen?"

„Ich wusste davon gar nichts ... Toller Wochenstart", wiederholte ich Isabellas Worte.

„Ich fühle es, Amelia. Jetzt sitzen wir beide in der Patsche", sagte sie

„Was kommt den alles darin vor?", fragte ich Anna.

„Elektrolyse und so. Wiederholung des letzten Jahres."

„Oh. Okay. Sollte ich hoffentlich hinkriegen."

„Du bist doch gut in Chemie. Das schaffst du schon", sagte Anna und ging zu ihren Freundinnen.

Ich sah Isabella an. Wir mussten beide Lachen.

„Das kann auch nur uns passieren, oder?", fragte ich.

„Pech verfolgt uns."

Und wie...

Am Nachmittag hoffte ich, dass der Baum wieder an Ort und Stelle war. Wir befanden uns wieder an derselben Stelle. Anders als in meinem Traum, war glücklicherweise alles wieder, wie ich es kannte. Warm. Harmonisch. Schön. Die Blätter wehten im leichten Wind. Die Blumen blühten in den schönsten Farben. Wir gingen an einem See vorbei. Das Wasser glitzerte und reflektierte die Sonne. Wir sahen unser Spiegelbild auf der Wasseroberfläche und in der Ferne glitzerte der See besonders stark.

„Da hinten muss etwas sein", sagte ich und zeigte in die gegenüberliegende Richtung.

„Glaubst du dort können wir einen Hinweis finden?"

„Einen Versuch ist es wert, auch wenn wir dabei eventuell wertvolle Zeit verschwenden könnten. Ich glaube, auch wenn es nicht der richtige Weg ist, haben wir es versucht und suchen woanders weiter."

„Deine Genialität ist überwältigend."

Ich wurde rot. „Also so schlau bin ich jetzt nicht. Genial ist übertrieben, Aiden."

Er schüttelte den Kopf und presste seine Lippen zusammen. „Doch. Du merkst gar nicht, wie genial deine Ideen sind. Ich wünschte du könntest dich so sehen wie ich dich sehe."

„Das ist unglaublich lieb von dir, aber du bist derjenige der alles richtig macht. Du hast mich nach der Höhle gerettet."

Sein Kopf neigte sich. „Ich gebe mein Bestes. Ich habe es dir versprochen."

„Ich weiß. Das tust du bereits", sagte ich.

Wir folgten dem glitzern im Wasser, doch als wir an die Stelle kamen, sah sie nicht weiter besonders aus.

Stattdessen sahen wir uns am Ufer um. Das Wasser plätscherte über die vielen kleinen Steine. Wir schauten unter Ästen, hinter Pflanzen und anderen Steinen, doch fanden nichts außer kleine bunte Insekten. Einige Meter weiter vor uns lag nur trockenes Gras. Auch wenn ich mir sicher war, dass dort nichts war, ging ich zur Sicherheit ein paar Schritte darauf zu und bückte mich, um durch das Gras zu streichen. Ohne Fund. Enttäuscht wanderte mein Blick durch die Umgebung.

Sonst war es doch immer so offensichtlich?!

Ohne nach Aiden zu sehen, der noch am Suchen war, setzte ich mich ins Gras. Die Knie angewinkelt, vergrub ich mein Gesicht in den Händen.

„Alles gut, Amelia?"

„Nein", murmelte ich. Ich spürte, wie er sich zu mir setzte.

Er seufzte. „Es muss einen anderen Anhaltspunkt geben", murmelte er.

Ich hob den Kopf. „Aiden, ich kann nicht mehr."

Er legte seinen Arm um meine Schultern und zog meinen Kopf zu sich, sodass ich mich an ihn lehnen konnte. „Wir dürfen jetzt nicht aufgeben. Wir haben es fast geschafft", flüsterte er mir zu.

„Ich weiß. Es ist nur etwas bedrückend. Dieses Unwissen. Wir wissen gar nicht, was uns erwartet. Was, wenn das alles umsonst war, was wir bis jetzt durchleben mussten. Wenn wir betrogen wurden, für irgendein magisches Unheil?"

„Ich kann dich verstehen. Wir sollten nicht zu viel nachdenken. Ich weiß, dass du das schaffst. Wir beide. Bis ans Ende, schon vergessen?" Ich schüttelte meinen Kopf.

Er atmete aus. „Wir schaffen das schon. Glaub mir. Bevor deine Eltern kommen. Wir ziehen jetzt komplett durch."

Auf einmal wurde es windig. Ein starker Windstoß ließ meine Haare gegen sein Gesicht fliegen. „Oh, tut mir leid."

„Schon okay. Woher kommt das so plötzlich?"

„Ich habe keine Ahnung." Ich schaute nach oben, hielt meine Haare fest und stand auf. Der Wind wurde stärker und Blätter fielen von den Bäumen. „Oh nein. Das kann nicht sein ..." Ich bekam eine plötzliche Angst, meinen Traum zu erleben.

„Ist etwas?", fragte Aiden und runzelte die Stirn.

„Ich glaube ein Unwetter zieht auf", sagte ich verunsichert.

„Kein Problem. Wir lassen es auf uns zukommen." Er winkte mich zu sich und rührte sich dabei nicht vom Fleck. Er deutete auf seine rechte Seite.

„Was? Dein Ernst?" Ich hob fragend die Hände und Augenbrauen.

„Ja. Komm setz dich. Ich glaube, das ist ein Zeichen."

Ich wusste nicht ganz, was er meinte, aber ich hatte keine andere Wahl. Von meinem Traum hatte ich nichts lernen können, und unter einem Baum zu stehen war gar keine gute Idee, wenn es Gewitterte. Ich holte ein Haargummi aus meiner Hosentasche und machte mir einen Zopf.

Ein heftiger Wind kam aus der linken Richtung. Wir beobachteten, wie aus einem Haufen Blätter Formen bildeten. Neugierig traten wir näher. Es waren Buchstaben.

„Das muss der nächste Hinweis sein", sagte ich erfreut. Glück im Unglück. Ich las ihn vor.

„An Wärme fehlt es mir nie. Alles in meiner Umgebung verbindet sich mit mir."

„Interessant. Einen Hinweis in der Ich-Perspektive hatten wir bisher noch nie", sagte Aiden

Nachdem ich den Hinweis gelesen hatte, wehte der Wind die Blätter fort. Ein Knall ertönte und ließ mich zusammenzucken.

„Aiden ... Riechst du das auch?"

Er war konzentriert. Seine Augen weiteten sich und er schaute mich schockiert an. „Ja. Was machen wir je-"

Ich nahm seine Hand und rannte los.

„Wohin?", fragte er.

„Am Himmel. Rauch. Wir sind zu spät, Aiden."

Kapitel 15 – Aiden

Meine Sicht wurde immer trüber. Amelia zog mich an der Hand in den Wald, der vor uns lag.

Ich wusste nicht genau, was sie vorhatte, es war sicherlich keine gute Idee auf ein offenes Feuer zu rennen, doch ich vertraute ihr.

Der Rauch wurde immer dichter, je näher wir dem Feuer kamen.

Und es war nichts Gutes.

Die Hitze breitete sich aus. Funken flogen in der Luft und landeten auf unserer Kleidung. Wir begannen zu schwitzen. Unsere Klamotten war für die Tonne, doch wichtig war, dass wir heil hier herauskamen, was wir auch immer für eine Aufgabe hatten.

Für wen tun wir das eigentlich?

Ich hatte mit allem gerechnet. Nur nicht damit. Das Einzige, was ich wollte, war, dass es aufhörte.

Ich begann zu husten. Mir wurde schlecht.

Noch immer spürte ich ihre Hand. Sie war neben mir. Ihr Ring leuchtete und ich wusste direkt, was zu tun war. Sie anscheinend auch.

Amelia

Ich griff in meine Hosentasche und holte den Feenstaub raus. Ich nahm mir eine Handvoll aus dem Säckchen und ging auf die Flammen zu.

„Pass auf, Amelia!", rief mir Aiden hinterher.

Ich schaffe das.

Jetzt musste ich all meinen Mut zusammennehmen und auch die Heldin sein. Es war ein geben und nehmen. Ich wollte hinterher nicht bereuen, es nicht getan zu haben. Für uns. Schließlich war ich die Auserwählte.

Ich begann links von mir und lief die ganzen Flammen ab, die ich so erreichen konnte und streute den Feenstaub in sie, oder schmiss es einfach rein, weil einige bereits größer waren als ich. Ich drehte um und versuchte mir die Haare aus dem Gesicht zu streichen. Der Rauch brannte mir in den Augen und in der Kehle. Hustend rannte ich zurück zu Aiden und fiel auf die Knie.

Aiden

Der Rauch zog sich zurück und ich sah, wie Amelia hustend auf ihre Knie fiel. Ich nahm meine ganze Kraft zusammen und hob sie hoch. Mit ihr im Arm wankte ich und ließ das Feuer hinter uns. Ich setzte mich auf einen Stein. Keuchend hielt ich sie fest.

Unser Schweiß floss uns von der Stirn, doch das war egal. Viel wichtiger war, dass wir atmend hier rauskommen.

Aus diesem Scheiß ...

Sie hustete schwer. Es tat mir aus dem Herzen leid, sie so leiden zu sehen. Sie hatte es geschafft. Die Flammen sanken langsam und wir konnten schon etwas besser sehen.

„Du hast es geschafft ...", sagte ich schwer atmend.

Sie murmelte etwas, doch ich verstand es nicht.

Es war meine Aufgabe, Amelia zu unterstützen. Auch wenn wir beide diese Reise vielleicht nicht positiv in Erinnerung behalten, möchte ich trotzdem, dass sie mich positiv in ihren Erinnerungen behält. Ich bin mir sicher, dass dieses Abenteuer keinen so stark binden kann, wie es uns verbindet. Sie ist einer der Menschen, die ich nicht verlieren möchte. Wenn wir nach all dem getrennt werden, möchte ich, dass das alles niemals endet. Das Gefühl, das mir emporstieg, war so stark, dass ich sie erneut umarmen musste. Sie bei mir wissen musste. Ich schloss meine Augen und was danach passierte vergaß ich.

Ein Hustenanfall weckte mich auf. Ich öffnete keuchend meine Augen und sah Amelia, wie sie auf meiner Brust lag. Ich hielt ihren Rücken und rappelte mich langsam auf. Sie war kalt und ihre Klamotten warne genauso dreckig wie meine. Schwarze Flecken und Erde. Die Luft war wieder sauber und der Wald sah aus, als wäre nie ein Feuer gezündet worden.

Der Feenstaub hatte uns gerettet.

Amelia bewegte sich. Sie murmelte etwas, doch ich verstand es wieder nicht.

„Amelia? Wir haben es dank dir überlebt."

„Wo sind wir?"

Ein gutes Gefühl füllte mein leeres inneres. „Wir sind in Sicherheit. Wir sind beisammen. Du hast das Feuer gelöscht."

Sie drückte sich an mich. „Ich?"

Ich lachte sanft. „Ja, du."

„Ich erinnere mich nicht mehr."

Ich musste schmunzeln. Sie sah mich noch immer nicht an.

„Das ist nicht schlimm. Ich weiß, dass du es getan hast. Vielleicht brauchst du mich gar nicht mehr als deinen treuen Begleiter."

Sie in meinen Armen zu halten, gab mir jedes Mal ein unbeschreibliches Gefühl von Fülle. Mit ihr fühlte ich mich komplett.

Wenn ich mich nur eines Tages trauen könnte, es ihr zu sagen ...

Sie schaute nun zum ersten Mal zu mir auf. „Natürlich brauche ich dich. Wie soll ich denn sonst die Reise bestehen? Du hast mir den Mut gegeben, überhaupt meine Grenzen zu überwinden. Wir beide stärken uns auf unsere Art und Weise."

Nach einem kurzen Augenblick zwischen uns schaute ich zur Seite.
„Gehen wir? Ich glaube wir können beide eine Dusche vertragen",
sagte ich.
Sie nickte lächelnd. Dann löste sie sich aus meiner Umarmung und wir
standen beide auf. Ich klopfte den Dreck von meiner Kleidung und
meinen Schuhen.
Stumm machte sie sich bereit, die Hände zu nehmen und den Spruch
zu sagen.

Im Park angekommen, bemerkten wir, dass die Sonne schon
unterging.
„Ich muss meine Eltern noch anrufen", sagte ich.
„Mach dir keinen Kopf, wir schaffen das schon. Ich begleite dich."
Mit schnellen Schritten verließen wir den Park. Auf den Straßen war
nicht mehr viel los. Geschäfte schlossen ihre Türen und sonst waren
nur noch wenige Menschen unterwegs.

Ich blieb dicht bei Amelia, damit sie sich sicherer fühlte.
Unsere Stadt war nicht gerade die schönste, wenn es dunkel wurde,
aber ich gewöhnte mich schnell an die neue Umgebung, auch wenn ich
vor kurzen hierherzog. Mich darüber ärgern tue ich jedenfalls nicht.
Nicht mehr. Ich vermisste meinen verstorbenen besten Freund. Ich
konnte sein Grab nicht mehr besuchen. Es war fünf Stunden entfernt.
Das war das Schwerste an dem Umzug.
An Amelias Haustür verabschiedete ich sie. Als sie die Tür schloss und
ich durch das Fenster sah, wie das Licht anging, machte ich ein paar
Schritte zurück und gab einen Luftkuss. Natürlich konnte sie es nicht
sehen oder gar bemerken, aber eines Tages würde ich hoffentlich den
Mut dazu haben, es nicht mehr heimlich machen zu müssen. Ein
Gefühl von Freude schoss durch meinen Körper.

Morgen war mein erster Tag, an dem ich Training in meinem neuen Verein hatte. Ich freute mich unnormal darauf, wieder frisch durchzustarten und eventuell neue Freunde zu finden. Es fällt mir zwar schwer, wenn ich an meine Vergangenheit zurückdenke, doch irgendwann muss ich mich überwinden.

Mein neuer Trainer hatte mir bereits den Trainingsplan zugeschickt. Er schien ein richtig netter Trainer zu sein. Ich hoffte, dass ich mich nicht täuschte.

Als ich zuhause ankam, waren meine Eltern im Wohnzimmer.

„Aiden. Ist alles in Ordnung?", fragte meine Mutter.

„Ja. Ich bin nur dreckig. War im Wald. Ich gehe duschen und dann direkt schlafen. Ich bin müde."

In meinem Zimmer fiel mein Blick auf meine Urkunden und Medaillen. Ich hatte sie nach dem Umzug auf meinem Regal platziert, um vor jedem Training Motivation aufzubauen. Ich will dort das Beste aus mir rausholen. Meine beste Zeit, meine beste Leistung.

Ich nahm meine Schlafsachen vom Bett, ging ins Bad und sprang unter die Dusche. Nach der rauchigen Angelegenheit tat es unheimlich gut.

In der Schule traf ich auf Phillip und Henry.

„Was geht?" Phillip und ich gaben uns einen Handschlag und Henry und ich uns die Faust.

„Nichts, bei dir?", antwortete ich

„Alles bestens, Bruder", antwortete Phillip.

„Phillip und ich waren gestern bei einem Fußballspiel. Berkays Mannschaft hat gespielt. Wo warst du? Ich dachte du wolltest mitkommen", fragte Henry und hob die Augenbrauen.

„Sag nicht du warst mit Amelia unterwegs", sagte Phillip in einem genervten Ton.

Ich fuhr mir durch die Haare und wusste nicht genau, was ich antworten sollte. Eine Lüge wollte ich nicht bringen.

„Ich war ... mit Amelia."

„Junge ..."

„Was seid ihr eigentlich? Freunde? Zusammen? Familie?" Phillip hob fragend die Hände.

Ich zögerte. „Wir sind nur Freunde."

„So ist das also. Und das soll ich dir jetzt glauben?"

Warum ist das so schwer?

„Du kannst sie persönlich fragen. Wir sind nicht zusammen." Ich verschränkte meine Arme vor der Brust. Ohne auffällig rüber zuschauen, sah ich, wie Amelia mit Isabella tuschelte und dabei so süß lachte. Ich musste automatisch lächeln.

Wir verstummten.

„Junge ... Lass´ mal das Thema wechseln. Mädchen sind viel zu kompliziert." Henry unterbrach die Stille.

„Das denkt ihr euch. Ich nicht", konterte ich.

„Ja alles klar. Chill. Wir haben deine Freundin nicht angegriffen." Henry hielt abwehrend die Hände vor sich.

Ich habe keine Lust mehr...

Am liebsten würde ich jetzt zu ihr gehen, um über andere Dinge zu sprechen. Fragen, wie es ihr geht, oder so. Aber das würde jetzt falsch rüberkommen.

Geh doch zu deiner Freundin, oder so. *Küsst euch doch gleich.*

Phillip und Henry sind meine Freunde, aber wenn es um Mädchen geht ... Naja. Wie manche eben sind. Sich über andere lustig machen oder verarschen. Nicht jeder ist so, aber viele, leider. Sie ist meine Freundin. Aber nicht diese Art von *Freundin.*

Ich holte meine Brotdose raus. Phillip und Henry quatschten über das nächste Fußballspiel von Leuten aus unserer Klasse. Mit den meisten hatte ich noch gar nicht viel gesprochen, doch alle scheinen sehr Fußball interessiert zu sein. Sehr wenige spielen Handball und die meisten Mädchen spielen Volleyball. Manche gehen sogar in

Fitnessstudios. Ich sah zwar ab und zu mit meinem Vater ein paar Fußballspiele an, aber ich interessierte mich eher weniger dafür. Ich kenne die großen, erfolgreichen Spieler, aber mehr auch nicht.

Auf einmal stand Amelia vor mir, als ich in meiner Tasche kramte. Mein Herz schlug schneller.

„Wie geht es dir so?" fragte sie und schaute mir in die Augen.

„Gut. Konntest du dich erholen?", fragte ich und schaute über ihre Schulter. Ich konnte sehen, wie Phillip und Henry blöd grinsten. Ich rollte mit den Augen und sah wieder zu Amelia.

„Ja. Ich bin etwas müde. Aber danke."

Am liebsten würde ich sie jetzt umarmen. Es muss schwierig sein. allein zu wohnen. Für drei Wochen. Niemanden zu haben, der einen Umarmt, vor allem wenn man so viel erlebt. Jemanden zu haben, wenn es einem nicht gut geht, ist in meinen Augen die beste Medizin. Wenn es nach mir gehen würde, würde ich über Nacht bei ihr bleiben, auch wenn ich auf der Couch übernachten müsste, aber ich wollte nicht, dass sie denkt ich sehe unselbstständiges. Sie kam sicher gut klar. Ich bin ihr Begleiter einer Abenteuerreise. Und ein Freund. Nur ein freundschaftlicher Freund. Mehr auch nicht.

Wir standen wieder an unserem Rosenbusch im Park, um in die Welt einzutreten.

„Bereit?", fragte ich

„Bereit, wenn du es bist", sagte sie.

„Immer."

Plötzlich hörten wir ein kleines Kind. Wir gingen um den Busch herum und sahen, wie es mitten auf dem Weg stand und weinte. Ein kleiner, wahrscheinlich drei- oder vierjähriger, Junge. Wir liefen zu ihm.

„Alles gut, kleiner?" Amelia kniete sich auf den Boden, um mit ihm auf einer Höhe zu sein.

„Mama ..."

„Hast du deine Mama verloren?", fragte ich.

Der Kleine nickte.

„Komm, wir gehen sie gemeinsam suchen." Amelia nahm ihn auf den Arm und deutete mit dem Kopf in die Richtung, aus der er vermutlich gekommen war. Ich nickte.

Gemeinsam gingen wir durch den Park, auf der Suche nach der Mutter.

Amelia kicherte mit dem Jungen. Sie kitzelte ihn und der kleine lachte wieder. Ich musste schmunzeln. Es war süß, die beiden so zu sehen.

„Kuckuck!", rief sie und hielt sich die eine Hand vors Gesicht. Sie gab ihr Bestes, den kleinen wieder aufzumuntern. Eigentlich wollten wir in die Welt, doch für den Kleinen schoben wir es natürlich gerne auf. Aber Amelia meisterte ihre Aufgabe. Mein Herz erwärmte sich.

„Wie heißt du denn?", fragte sie.

„Elias."

„Hallo Elias. Das ist Aiden und ich bin Amelia."

Der kleine grinste.

„Aiden, er ist so süß. Ich schmelze", sagte sie.

Ich nickte lachend. „Das ist er defin-"

„Elias!"

Eine Frau kam mit einem Kinderwagen um die Kurve. Sie rannte los, als sie uns sah.

„Elias. Meine Güte. Ich habe mir Sorgen gemacht."

Sie nahm ihn auf den Arm und gab ihm einen Kuss auf die Wange. „Ich kann euch gar nicht genug danken. Danke, dass ihr auf ihn aufgepasst habt. Er ist einfach weggerannt, weil er nicht das bekam, was er wollte, nicht war, Elias?"

Der Kleine sagte nichts.

„Gern geschehen", sagte Amelia.

Wir verabschiedeten uns von den beiden und kehrten zurück zu dem Rosenbusch, wo uns keiner sehen konnte.

Kapitel 16 – Amelia

Wir traten ein und landeten im Wald. Der Wald, der gestern noch halb abgebrannt war. Ich hatte wieder den Feenstaub bei mir, falls wir ihn benötigten. Damit machten wir uns einiges leichter.

„Übrigens, ich habe Riegel mitgenommen, falls wir unterwegs hungrig werden sollten", sagte ich.

„Gute Idee."

„Wenn also etwas sein sollte, gib mir einfach Bescheid. Wir können ja dann eine kurze Pause einlegen."

Ich war froh, auch mal etwas für uns getan zu haben. Vorher war ich mir immer unsicher, in den bisherigen Situationen war Aiden öfter mutiger als ich, doch in dem Moment, als der Wald brannte, kam mir der Gedanke an den Feenstaub und ich wollte es durchziehen. Ich wollte, dass Aiden sieht, dass ich zwar froh bin, ihn an meiner Seite zu haben, aber auch, dass wir beide etwas dafür tun können, die Momente zu meistern. Ich weiß, dass er kein Egoist ist, aber ich vermutete, dass er mich in seiner Rolle als Begleiter auch nicht enttäuschen wollte, und das kann ich verstehen.

Wir hatten nicht viel Zeit, denn Aiden hatte seinen ersten Trainingstag. Im Wald begaben wir uns auf die Suche. Ich schaute dabei unter umgekippten Baumstämmen, hinter Bäumen und kleinen Löchern.

Die Tiere in dieser Welt waren nicht ganz anders als die Tiere in unserer Welt. Bis auf das glitzernde Aussehen, wirkten sie im

Allgemeinen gleich. Ihre Laute waren nicht anders und sie zeigten die gleiche Scheu vor uns.

Hinter einem Baumstamm nahm ich eine Bewegung dar. Ich wollte es, was es auch immer war, nicht erschrecken. Ich kniete mich vor den Stamm und wartete. Ich wollte alles Auffällige im Auge behalten, denn anscheinend war Aiden noch nicht fündig. Sicherlich hätte er mich zu sich gerufen. Mittlerweile wussten wir, dass eigentlich alles ein Hinweis sein konnte. Egal, ob es auf Holz, Stein oder Wände eingraviert war oder sich vor uns durch natürliche Einflüsse bildete.

Es raschelte ein weiteres Mal und hervor trat ein kleines Rehkitz. Wie auch bei den anderen Tieren leuchtete das Fell, nur bunter. In rötlichen und blauen Tönen, wobei mich das Leuchten an Kerzenschein erinnerte.

Was hatte es am Ohr?

Ich versuchte, von weitem hinter dem Stamm zu erkennen, was sich an dem Ohr befand, doch ich war zu weit weg. Vielleicht war es nur ein Blatt, welches vom Busch fiel, doch meine Neugier stieg allmählich an, weil es trotz der Bewegung des Rehkitzes nicht vom Ohr fiel.

Ich versuchte auf die Beine zu kommen, um nicht aufzufallen, doch das rascheln der Blätter machte es mir nicht gerade einfach. Das Rehkitz bemerkte mich und zuckte zurück. Es kroch wieder unter den Busch. Dabei hielt es mich im Auge.

Was mache ich jetzt?

Aiden. Ich musste Aiden rufen. Nur wie? Ich wollte nicht, dass das Rehkitz verschwindet.

Aiden war vermutlich zu weit weg. Ich konnte ihn nicht rufen oder zu ihm rennen. Ich durfte das Rehkitz nicht verlieren.

Mir fiel der Feenstaub wieder ein.

Ob man es auch dafür einsetzen könnte?

Ich nahm mir eine kleine Prise, etwa in Weintraubengröße aus dem Säckchen und fuhr mit meinem Finger darüber. Es fühlte sich etwas weicher an als herkömmlicher Glitzer, den ich früher immer zum Basteln benutzt hatte. Bei dem Brand hatte ich das nicht so wahrgenommen.

Ich drehte mich in die ungefähre Richtung, in die Aiden gelaufen war und hielt mir die Hand leicht an den Mund. Der Feenstaub lag auf meiner Handfläche und ich konzentrierte mich stark darauf.

Wenn ich fest daran glaube, sollte er jetzt aufsteigen ...

Ich dachte daran, dass der Feenstaub aufzusteigen begann und sich in die Richtung bewegte, in der ich Aiden vermutete. Der Staub löste sich aus meiner Handfläche und stieg wenige Zentimeter in die Luft. Unglaublich ...

Ich pustete leicht dagegen und er hob ab und verteilte sich ein wenig in der Luft. Ich musste nur hoffen, dass meine Gedanken dabei halfen, dass es zu Aiden flog und er versteht, dass er zu mir kommen soll.

Nachdem der Feenstaub sich auf den hoffentlich richtigen Weg machte, guckte ich unauffällig, ob das Rehkitz noch unter dem Busch versteckt war. Es war noch dort, nur war es noch immer ängstlich.

Es vergingen mehrere stille Minuten und plötzlich hörte ich ein knistern in der Ferne. Ich schaute auf und sah Aiden. Mit einem Wink machte ich ihn auf mich aufmerksam und legte gleichzeitig einen Finger an meinen Mund. Als er bei mir war, so leise er auch nur sein konnte und das Rehkitz nicht verscheucht wurde, ging ich näher an sein Ohr. „Hast du etwas gefunden?", fragte ich flüsternd.

Er schüttelte den Kopf.

„Ich glaube, das Rehkitz da vorne im Busch könnte uns weiterbringen", erklärte ich. „Wie sollen wir das machen?", fragte er. Sein Atem strich sanft über meinen Hals und Nacken, was mir eine Gänsehaut verursachte. Ich zuckte ahnungslos mit den Schultern.

Er deutete auf meine Hosentasche, in der sich der Feenstaub befand. „Probiere es doch damit."

Ich nickte und holte das kleine Säckchen ein weiteres Mal hervor. „Danke. Ich wünsche es mir dann einfach. Vorhin hat es ja funktioniert."

„Hoffen wir mal, dass es auch wirklich der Hinweis ist."

Ich drehte mich zu dem Rehkitz, welches uns noch immer beobachtete. Ich nahm mir eine kleine Prise aus dem Säckchen und pustete es leicht in seine Richtung. Mein Wunsch war es, dem Rehkitz die Angst zu nehmen zu uns zu kommen. Der Feenstaub verteilte sich um das Rehkitz und ein kleiner hoher Ton einer Glocke ertönte.

„Guck mal. Ich glaube es kommt auf uns zu", flüsterte ich aufgeregt. Das Rehkitz trat aus dem Gebüsch und ging mit kleinen vorsichtigen Schritten auf uns zu. Es tapste sich langsam voran und erreichte schließlich den Stamm. Es schnüffelte sanft und kam dann an unsere Knie. Wir bewegten uns so wenig wie möglich, doch als es mich berührte hielt ich langsam meine Hand nach vorn. Es roch daran und schaute dann zu mir auf.

„Hallo, du süßes Tierchen. Was hast du denn da am Ohr?" Ich fuhr sanft mit der Hand über das Öhrchen und nahm mir den Zettel, den ich zuvor aus der Ferne bemerkt hatte. „Dann schauen wir mal, ob es uns weiterbringen wird."

Aiden beugte sich zu mir. *Das Rehkitz sucht seine Mutter. Alle Türen werden offenstehen*", las er vor.

„Türen?", fragte er. „Müssen wir schon wieder etwas zum Eintreten suchen?"

„Naja, es kann auch eine Metapher sein. Vielleicht steht es für gute Chancen."

„Das kann natürlich sein", sagte Aiden.

Ich stand auf. „Wir sollten s mitnehmen. Wer weiß wo die Mutter ist." Vorsichtig nahm ich das Rehkitz auf den Arm.

Obwohl es noch so jung war, hätte ich trotzdem nicht gedacht, dass es so leicht war.

„Der Wald scheint in wenigen Metern zu enden." Er zeigte nach vorne. „Ich glaube im Wald brauchen wir nicht zu suchen. Da vorne wird er lichter. Durch die Hinweissuche haben wir viel Fläche abgeklappert." Wir gingen die wenigen Meter und verließen den Wald. Ein hohes Gebirge ganz in der Nähe warf einen großen Schatten auf die Umgebung. Vereinzelt sah man auf einer kargen Fläche kleine Bäume und andere Pflanzen, doch der uns sonst so bekannte Pfad endete im Wald.

Das Rehkitz begann zu zittern.

„Keine Angst. Wir finden deine Mutter schon ganz bald."

Auf einmal musste ich an Elias denken. Entweder war es reiner Zufall oder wir wurden durch das Universum auf diese Situation vorbereitet. Mein Herz stolperte, als Aiden mir plötzlich den Arm um die Taille legte.

„Wir gehen am besten durch das Gebirge, um dann in dem Wald, der sich dahinten Streckt, nach der Mutter zu suchen. Weit und breit ist sonst kein anderer Wald. Vielleicht finden wir etwas."

Ich weiß nicht, warum er so plötzlich meine Nähe suchte, aber anscheinend störte es ihn nicht. Vielleicht wollte er damit zeigen, dass ich lieber vorsichtig sein sollte, weil ich ein Lebewesen auf dem Arm hatte.

Oder er …

„Amelia."

Ich schaute zu ihm. Er sah mich an. Seine braun grünen Augen leuchteten. Er bildete ein leichtes Lächeln und zog mich mit der anderen Hand zu sich. Das Rehkitz noch immer in meinem Arm. Mein Herz stolperte ein weiteres Mal. Es rutschte mir bis in die Schuhe.

„Ich wollte sag-"

Auf einmal fing das Rehkitz an zu strampeln und ich konnte es kaum noch halten. Ich versuchte es zu beruhigen, doch es fiel mir fast aus den Armen. Ich setzte es kurz auf den Boden. „Es ist alles gut", sagte ich zu dem Tier. Ich nahm es wieder auf den Arm und es entspannte sich wieder.

„Geschafft. Was wolltest du mir gerade sagen?"

Er zögerte. „Ach ... Ist egal. War nicht wichtig."

Ich war verwirrt und schaute zum Rehkitz. Es blickte mir in die Augen.

„Du bist so goldig. Deine Mutter vermisst dich bestimmt sehr."

Aiden schmunzelte. Ich wusste zwar nicht an was er dachte, aber ich bin mir sicher, dass er es auch süß fand.

„Was ist eigentlich dein Lieblingstier?", fragte ich ihn.

Er atmete aus. „Keine Ahnung ehrlich gesagt. Ich würde Hund sagen, aber wenn es um wilde Tiere geht, würde ich spontan Panther sagen."

„Könntest du dir vorstellen später einen Hund zu haben?"

„Definitiv."

Als hätten wir einen großen Sprung gemacht, erreichten wir den Fuß der Berge. Zwischen Felsrücken und losen Steinen lag ein natürlicher Pfad, dem wir folgten und bald ging es nur noch bergab. Die Schatten wurden immer tiefer. Kaum waren wir wenige Meter hinabgestiegen, befanden wir uns am Grund einer Schlucht. Es war komisch, wie schnell sich die Umgebung in dieser Welt ändern konnte.

„Siehst du das da drüben?", fragte Aiden mich und zeigte zu meiner rechten. Eine Kurve streckte sich nach rechts, wo an der Wand Steine glitzerten.

„Sollen wir weiter geradeaus oder dort entlang?", fragte er mich.

„Wir sollten da entlang. Irgendwas muss dort ja sein", antwortete ich.

„Willst du vielleicht noch vorher einen Riegel? Ich hätte fast vergessen, dass ich sie dabeihabe."

„Klar, gerne."

Ich holte zwei aus meiner Tasche und gab ihm einen. Er biss ein Stück ab und sah mich an.

„Wow. Der schmeckt wirklich gut", sagte er.

Nachdem wir aufgegessen hatten, ging ich vor. Als hätte jemand die Sonne verschluckt, zog plötzlich Dunkelheit auf.

„Ich sehe nichts, Aiden."

Ich hörte, wie er neben mir stand und sein Handy aus der Hosentasche holte. „Wir haben doch eine integrierte Taschenlampe dabei. Das sollte helfen." Er schaltete sie an und vor uns lag ein steiniger verwinkelter Weg.

„Okay, bist du dir wirklich sicher, Amelia?"

„Ja." Ich ging los und Aiden folgte mir. Wir bogen mehrmals ab und erreichten einen langen Gang.

Ich könnte nach jeder Berührung, die zwischen uns entstand, weil der Gang immer enger wurde, aufzucken, aber ich riss mich zusammen und konzentrierte mich, dass Rehkitz nicht fallen zu lassen.

Vor uns lag, tatsächlich, eine Tür. Diese war verwachsen, als würde sie mehrere Jahrhunderte hier verbracht haben. Vielleicht tat sie es auch. Ob ich herausfinden wollte, was sich dahinter so alles verbirgt?
Ja.

Ich guckte erwartungsvoll zu Aiden.

Er nickte.

Gemeinsam fassten wir den dünnen Türgriff und zogen sie auf.

Blendendes Licht strahlte uns an, sodass wir uns die Augen zukneifen mussten. Wir setzten einen Fuß auf die andere Seite und dann den anderen. Mit dem Arm vor den Augen realisierten wir, was wirklich vor uns lag. Ein wahrscheinlich noch viel spannender Ort, als Anima. Ein Ort, wo wieder die Frage aufkommt, wie das nur möglich war. Ein Wunder.

Es sah gut aus.

Es fühlte sich gut an.

Es war richtig.

Und Aiden fühlte genauso. Das wusste ich, auch wenn wir nicht miteinander sprachen.

Kapitel 17 – Amelia

„Amelia, das ist ...“

„Aiden ...“

Wir sahen uns an, als hätten wir einen Haufen von Gold gefunden, doch so war es nicht.

Es war noch viel wertvoller. Wertvoller für die Seele.

„Das Paradies“, vervollständigte ich seinen Satz.

Vor uns erstreckte sich eine große Wiese mit hunderten von Obstbäumen. Rechts von uns war der Anfang eines Gebirges mit kleinen Hügeln, die in der Ferne weiter anwuchsen, ein kleiner See und ein atemberaubend schöner Wasserfall, der mindestens Zehn Meter in die Höhe ragte. Das Rauschen des Wassers harmonierte mit dem Gesang der Vögel, die größer und glitzernder waren als Vögel, die wir aus unserer Welt kennen. Doch nicht nur die Vögel und andere kleine Tiere waren hier. Auch Rehe.

Ich setzte das kleine Rehkitz auf die weiche, leicht feuchte Wiese ab und es ging vorsichtig auf eines der Rehe zu. Ihre Art miteinander zu interagieren, gab mir das Gefühl, dass es die Mutter sein musste. Die beiden waren so süß miteinander. Jetzt sind sie wieder vereint. Und das hoffentlich für immer.

Wir hatten eine gute Tat für den Tag geschafft.

Ich drehte mich um und die Tür befand sich noch hinter uns. Ich konnte den steinigen Gang sehen. Um die Tür herum lag ein Rahmen aus Stein, ein Berg, der aber perfekt geschliffen wurde. Die Wand war nahezu perfekt senkrecht. Ich schloss die Tür und sie verschwand mit einer glitzernden Wolke und übrig blieb nichts mehr, außer ein wenig Feenstaub an der Wand. Etwa auf Augenhöhe bildeten sich Buchstaben aus dem übrig gebliebenen Staub. Aiden, der sein Handy in die Tasche steckte, stellte sich zu mir.

„Mich trennen wenige Zentimeter von einem Unterschlupf", las ich vor. Es war also wieder aus der Ich-Perspektive.

„Wir sollten gehen. Wir können alles weitere morgen erkunden. Ich will mein Training nicht verpassen."

„Ist schon okay. Wir sind auch schon echt lange unterwegs. Wir machen morgen alles in Ruhe."

Den restlichen Tag über war ich mir nicht sicher, was ich machen sollte. Isabella hatte keine Zeit und Aiden seinen ersten Trainingstag. Nachdem ich etwas gegessen hatte, ging ich hoch auf mein Zimmer. Ich setzte mich auf mein Bett und nahm mein Buch, doch ich konnte mich nicht auf die Geschichte konzentrieren. Meine Gedanken schwirrten in meinem Kopf herum, wie ein großer Bienenschwarm. Alles war durcheinander. Ich wollte endlich damit aufhören, ständig an Aiden zu denken. Ich spürte, dass ich schon längst meine Kontrolle verloren hatte. Jede freie Minute ... Jede Sekunde. Jeden Moment. Sein Lächeln, seine Ausstrahlung, sein Charakter, alles.

Mach dir keine großen Gedanken...

Die Stimme in mir konnte ich nicht ausblenden. Es gab Momente, in denen ich mir dachte, wie es doch wäre, wenn wir ... nicht nur Freunde wären.

Kapitel 18 – Aiden

Am Morgen versuchte ich meine Gedanken zu kontrollieren. Es funktionierte nicht. Sie waren bei Amelia. Ich versuchte zu akzeptieren, dass das Schicksal uns als Freunde in diese Welt geschickt hatte. Doch irgendetwas in mir wollte es nicht.

Ich ging ins Bad und machte mich für die Schule fertig. Ich hatte vor, kurz in die Stadt zu gehen, um etwas zu besorgen. Danach war das Treffen. Mit ihr.

Ich versuchte mir klarzumachen, warum ich mich bei ihr so verstellte. So tue, als würde es mir nichts ausmachen, wenn ich sie kurz berührte. Als würde ich nicht die ganze Zeit an sie denken.

Nach der Schule ging ich, ohne mich bei allen zu verabschieden, los, um meine Besorgungen zu erledigen. Ich betrat das erste Geschäft. Erfolglos. Dann ging ich in das nächste und fand genau das, was ich brauchte.

Ich strahlte und ging zur Kasse.

Nachdem ich bezahlte, steckte ich es in meinen Rucksack und machte mich auf den Weg zu ihr. Mit dem Blick auf die Uhr erhöhte ich mein Tempo und begann zu laufen. Es war ein angenehmes laufen. Anders als beim Training.

Zwei Minuten zu spät kam ich an unseren Treffpunkt. Sie sah nicht so aus, als würde sie schon lange auf mich warten. Ich lächelte sie an und wir führten direkt unser Ritual durch.

„Jetzt können wir alles erkunden", sagte ich
„Und den nächsten Hinweis finden."
Ich kniete mich doch noch auf den Boden, um zu checken, ob ich alles dabeihatte, was ich mitnehmen wollte. Ich setze meinen Rucksack ab und Amelia beugte sich zu mir runter.
„Ich habe Wasser, etwas zu Essen und zwei T-Shirts dabei. Ich dachte mir, wenn wir jetzt schon in dieser *neuen* Welt sind, können wir einen richtigen Tag machen, wo wir alles so richtig erkunden. Wie in Filmen und Büchern. Durch die Wälder, auf Berge klettern, in Flüssen schwimmen-"
„Du spinnst doch. Wir müssen Hinweise finden."
Sie konnte sich vor Lachen fast nicht mehr halten. Als sie sich auf den Knien stützte musste ich auch mitlachen. „Ja, dann nicht schwimmen."
„Aber klettern. Vielleicht finden wir einen Affen und werden beste Freunde. Er kann uns beiden beibringen, wie man auf Bäumen klettert oder von Ast zu Ast springt", sagte sie.
Ich stand auf und setzte mir wieder meinen Rucksack auf. „Das war ernstgemeint. Wir könnten hier vieles erleben, was wir in der echten Welt niemals schaffen würden."
Ihre Miene änderte sich schlagartig. Sie hörte auf zu lachen und schaute mich an. „Tut mir leid. Ich dachte du machst Witze."
„Nicht schlimm. Los geht's."
Wir gingen vorsichtig an den Rehen vorbei und blieben an einem Obstbaum stehen.
„Meinst du die Äpfel sind essbar, auch wenn sie so pink sind?", fragte sie.
„Weiß nicht. Ich würde es nicht riskieren. Die männliche Fee meinte, es ist nichts giftig, aber sichergehen können wir trotzdem nicht."
Sie wechselte das Thema, als wir weiterzogen. „Wie war dein Training?"

„Sehr gut. Ich wurde gut aufgenommen und der Trainer hat mich gelobt. Ist schließlich nicht mein erstes Mal gewesen."

„Schön. Ich finde es klasse, wie du dich so schnell einleben kannst. Neue Stadt, neue Schule, neuer Verein. Du bist zu gut darin."

Ich musste schmunzeln. „Ich denke, wenn man offen ist und auf die Leute zu geht, dann geht das schnell. Die Leute lernen dich besser kennen und wissen, wie du drauf bist. Wenn du Glück hast, findest du nach nur ein oder zwei Tagen neue Freunde."

„Steht schon bald etwas Aufregendes an?"

„Nein, erstmal nicht. Der Trainer hat mich in eine WhatsApp Gruppe hinzugefügt. Dort wird er immer etwas ankündigen. Wenn nicht, dann beim Training."

Die Sonne sandte ihre Strahlen in den rötlichsten orangetönen. Amelias Augen glänzten. Ihre Haut sah umwerfend in dem Licht aus. Am liebsten hätte ich sie geküsst. Ihre Haare wehten leicht im Wind. Ihr lächeln, beeindruckend. Sie schien nicht zu merken, dass ich sie durchgängig anschauen musste. Die Sonne blendete uns ein wenig, wenn wir geradeaus blickten. Aber das störte mich nicht. Durch sie konnte ich Amelias Schönheit genießen.

Auf einmal schaute sie zu mir. „Ist was?"

Ich zögerte. „Nein alles gut. Wir sollten weiter gehen."

Und das taten wir auch.

„Amelia."

Ich sah, wie sich die Wolken zusammenzogen und größer wurden.

„Ja?"

„Ich habe ein schlechtes Gefühl. Ich glaube irgendwas ist faul." Ich wurde unruhig und sah in den Himmel. Was bis vor kurzem noch ein schöner Himmel war, wurde zum Wolkenteppich. Die Sonne verschwand und es wurde dunkel. Kälte zog an mir vorbei. Ich hörte dumpfe Schritte aus der Ferne, die immer deutlicher wurden.

„Oh nein ", sagte Amelia.

Mein Ring begann zu blinken. Panisch blickte ich in alle Richtungen und sah in der Ferne einen Unterschlupf.

„Renn! Wir müssen rennen. Komm!" Ich rannte vor und sie versuchte mit mir mitzuhalten. Ich war schneller. Doch ich schaute ständig nach hinten. Ich musste sichergehen, dass sie noch hinter mir war. Das unruhige Gefühl in mir wurde immer stärker. Wir rannten Meter für Meter an Steinen und Pflanzen vorbei. Die Tiere zogen sich in Büsche zurück. Die ganze Welt wurde mit einem Mal unruhig.

„Aiden! Warte!"

Sie konnte nicht mehr. Ich rannte zurück und sah es kommen.

Ach du scheiße …

„Amelia! Du schaffst das!", rief ich

Keuchend kam sie an und ich zog sie rein. Sie fiel zu Boden und atmete schwer. Ihr Ring blinkte.

Ich holte eine Flasche Wasser aus meinem Rucksack und reichte sie ihr. Während sie trank, nahm ich mir eine andere.

Wir lehnten uns an die hinterste Wand des Unterschlupfes. Ein enormer Druck schoss gegen die linke Seite und wir zuckten beide zusammen. Die Erde bebte und wir konnten uns kaum verständigen.

„Was war das?", fragte sie.

„Ein riesiges Wesen ist hinter uns her. Ich konnte meinen Augen nicht trauen", sagte ich laut.

„Scheiße. Das war bestimmt ein Ursa. Was ist mit den ganzen Tieren?"

„Das weiß ich nicht, Amelia. Wichtig sind erstmal wir, weil wir nicht von dieser Welt sind. Ob so etwas regelmäßig passiert, wissen wir auch nicht."

Sie senkte ihren Kopf und zog die Knie an ihren Körper. Ich strich ihr über ihre Haare. Sie waren weich. „Mach dir keine Sorgen. Hier kommt es nicht so einfach rein."

Sie hob ihren Kopf, als ihr Ring aufhörte zu leuchten. Sie schaute sich um und bemerkte etwas. „Warte, wir sind doch in diesem

Unterschlupf. Der Hinweis redete doch von einem-" Sie krabbelte nach vorn, ohne ihren Satz zu beenden.

„Amelia. Warte bitte, bis das Beben aufhört und dieses Wesen an uns vorbeigezogen ist."

Es wurde immer lauter. Sie hatte mich nicht gehört. Sie krabbelte an die linke Seite und zog etwas aus der Wand. „Aiden das ist-" Sie sah zu mir, doch ich hielt hektisch meinen Finger an den Mund. Sie krabbelte schnell zu mir zurück und da war es schon. Das Wesen rannte an dem Unterschlupf vorbei, wenige Meter trennten uns von ihm. Der Schrei war laut und schrecklich kratzig. Wir blieben stumm nebeneinander und warteten ab, bis die Luft rein war.

Das Grummeln war nach wenigen Sekunden kaum noch zu hören.

Amelia atmete erleichtert aus und legte ihrem Kopf auf meine Schulter und ich wünschte, es wäre länger so geblieben, aber wichtiger war, dass wir trotz der plötzlichen Überraschung etwas gefunden hatten.

„Das war riskant. Es hätte uns vermutlich auch riechen können", sagte ich.

„Ich weiß", sagte sie. Sie öffnete den Zettel und zögerte. „Aiden ich ..."

„Ist etwas nicht in Ordnung?" Ich beugte mich zu ihr rüber und schaute auf den Zettel.

„Das ist mit einem Stift geschrieben worden. Das ist eine richtige Handschrift. Die vorherigen Hinweise waren immer in einheitlichen Druckbuchstaben."

„Von wem könnte sie sein? Rose?", fragte ich.

„Weiß ich nicht, aber ich kenne diese Schrift."

Ich schaute sie verwundert an. „Jetzt ernsthaft?"

„Ja ... Ich erinnere mich aber nicht mehr, von wem sie stammt. Aber ich weiß genau, dass ich sie kenne."

„Kein Problem. Wir konzentrieren uns erstmal auf das, was uns der Zettel zu sagen hat."

„Ihr habt es fast geschafft. Der Horizont ist euch bald nahe."

„Horizont?"

Amelia zuckte mit den Schultern. „Das ist für mich kein richtiger Hinweis ... Der Horizont ist ja kein Ort ..."

„Da hast du recht, wie sollen wir das angehen?"

Sie tippte mit dem Finger auf ihrem Kinn und schien nachzudenken. „Ich glaube wir sollten erstmal zu unserem Punkt zurück, wo wir losgelaufen sind und dann weiter schauen."

Ich krabbelte aus dem Unterschlupf und bemerkte, dass es langsam Nacht wurde. Die Wolken lockerten sich wieder auf, doch die Sonne war kaum noch zu sehen.

Kapitel 19 – Amelia

Unsere Freundschaft war zweieinhalb Wochen alt und ich merkte mit jedem Tag, dass ich immer stärker darauf achtete, was und wie er etwas sagte. Ob ich etwas erkennen konnte, was andere vielleicht nicht tun. Ich machte mich verrückt damit. Es ist etwas, was ich noch nie zuvor gespürt oder wahrgenommen hatte. Während des Unterrichts zu ihm zu schauen, weil er ausgerechnet vor mir sitzt und mich kaum konzentrieren können. Ich hätte am liebsten seine Gedanken gelesen, um irgendetwas von dem Unterricht zu verstehen.

„Was hat sie gesagt?", fragte mich Isabella von der Seite.

„Ich habe es auch nicht verstanden. Wir fragen gleich jemand anderen."

Sie nickte und ich versuchte mich wieder auf den Unterricht zu fokussieren. Schon bald standen die ersten Klassenarbeiten an und ich wollte nichts verpassen.

Nach der Schule ging ich erst in mein Zimmer, bevor ich mir etwas zu essen machte. Ich wollte die ganzen Hausaufgaben erledigt haben, um dann entspannt in den Nachmittag zu starten. Bevor es in die Welt gehen sollte, machte ich für eine halbe Stunde Sport. Diese halbe Stunde ließ meine ganzen negativen und bedrückenden Emotionen raus und ich fühlte mich direkt besser. Ich war befreit.

Nachdem ich geduscht und mich abgekühlt hatte, ging ich entspannt in Richtung Park, um mir die Beine zu vertreten. Bis ich mich mit

Aiden traf, dauerte es noch ein bisschen, aber so saß ich nicht die ganze Zeit zuhause rum und wartete darauf. Als ich mich in Richtung Spielplatz bewegte, sah ich vom weitem Elias und seine Eltern. Sie lachten und Elias hatte großen Spaß. Es machte mich glücklich sie so zu sehen. Auch wenn wir uns kein bisschen kannten, glaubte ich, dass sie eine gute Familie sind.

Kurz bevor ich den Park erreichte, bemerkte ich Aiden auf einer Bank. Er hatte ein Buch auf dem Schoß und schrieb darin. Es sah aus wie ein Notizbuch. Er sah auf und unsere Blicke begegneten sich. Er steckte das Buch schnell in seinen Rucksack und stand auf. Als ich auf ihn zulief lächelte er mich an.

„Was machst du denn so früh hier?", fragte er mich.

„Ich dachte mir ich vertrete mir die Beine. Ich habe eben noch Sport gemacht und bin dann direkt in den Park gegangen."

„Dann hatten wir fast die gleiche Idee. Ich dachte mir ich nutze das Wetter aus."

„Was hast du in das Buch reingeschrieben, wenn ich fragen darf?"

Er zögerte kurz. „Nichts Wichtiges. Ein paar Dinge fürs Training und Ziele."

„Du schreibst dir Ziele auf?"

„Ja. So halte ich sie fest und wenn ich später darauf zurückkomme, weiß ich was ich erreicht habe und was nicht."

Die Idee von ihm fand ich gut.

„Da wir uns jetzt eh getroffen haben, können wir doch eigentlich schon los, oder? Dann können wir auch früher aufhören."

Ich nickte. „Ja. Können wir."

Wir gingen den Rest des Weges schweigend zu unserem Rosenbusch.

„Es ist immer noch dunkel?", sagte Aiden.

„Lass uns zu der Stelle, von wo wir losgerannt sind", sagte ich.

Den langen Weg gingen wir so lange, bis die Sonne schon aufging. Der Ursa war nicht mehr zu hören, dementsprechend konnten wir uns entspannt auf die Suche machen.

„Ob ich das alles vermissen werde, weiß ich nicht", sagte ich und warf meine Haare nach hinten.

Aiden sagte nichts.

„Ist alles okay?"

Kapitel 20 – Aiden

Amelia wird es nicht vermissen. Nein. Sie freute sich, dass unsere gemeinsame Zeit vorbei sein wird. Bald schon.

„Ja. Es ist alles gut. Es war anstrengend und wer weiß was noch kommt. Ich bin froh, wenn wir das hinter uns bringen." Ich wendete das Gesicht von ihr ab, damit sie nicht sehen konnte, wie mich ihre Worte getroffen hatten.

„Ja. Aber das bedeutet nicht, dass wir danach nicht mehr gut miteinander sind."

Mein Bauch wurde warm. Ihre Worte drangen tief in mein Herz. Sie schätzte unsere Freundschaft. „Für immer?"

„Für immer", sagte sie sanft.

Ich schmunzelte.

„Ich mag diese Welt, irgendwie, aber ich spüre auch eine Art von Hass, wenn ich an sie denke", sagte sie und kickte einen Stein zur Seite.

„Ich werde ihr niemals verzeihen können, aber wir müssen einfach das Beste aus der ganzen Sache machen. Dieses Geheimnis teilen nur wir. Und Sophia, Nick und Louis. Mehr nicht."

„Ich weiß. Ich bin froh, dass du an meiner Seite bist, Aiden. Ich schätze das sehr. Ich kann es nicht oft genug sagen."

„Ich schätze dich genau so sehr. Jemanden zu haben, der einem zuhört ist selten."

Wir folgten der Sonne am Horizont, wie im Hinweis geschrieben wurde. Mit jedem Atemzug stand sie höher am Himmel, doch es wurde trotzdem dunkler. Die Wolken zogen sich zusammen.

„Nein, oder?" Amelia hielt sich die Hände vor den Mund und sah zum Himmel hoch.

„Wir brauchen den Hinweis", sagte sie.

„Ich weiß."

An einem Baum machten wir eine kurze Pause und ich kramte in meinem Rucksack. Als ich meine Wasserflasche rauszog, fiel das Notizbuch raus und es öffnete sich die erste Seite.

Scheiße...

Ich hob es in Sekundenschnelle auf, bevor sie es lesen konnte. Ich schämte mich.

Ich hatte sie angelogen. Es ist etwas, was aus meinem Herzen kam. Keine Ziele, sondern Worte. Worte für sie. Sie durfte sie noch nicht lesen. Erst, wenn ich bereit dafür war.

Ich reichte ihr unauffällig eine Flasche und nahm mir selbst eine.

„Danke, Aiden."

„Kein Problem."

Als wir fertig waren, ging es weiter, doch nicht zu Fuß. Nicht direkt.

„Krass." Ich schaute zum Himmel und sah die mit Feenstaub geschriebenen Buchstaben an den Wolken.

„Das muss der Hinweis sein, Aiden."

„Morgen ist es so weit. Das Ende rückt nahe."

Sie schaute mich enttäuscht an. „Das ist doch kein Hinweis ..."

„Ich denke es soll so sein, Amelia. Wir kommen einfach morgen wieder und dann sollte es geschafft sein, hoffentlich."

Sie nickte schweren Herzens und wir verließen die Welt.

Im Park angekommen machten wir uns auf den Weg zu ihr nach Hause.

„Hast du Hunger?", fragte ich sie.

„Bisschen, du?"

„Ja. Ein wenig."

„Ich habe zuhause noch etwas übrig. Magst du Gemüse?"

„Klar, aber ich kann mir auch schnell etwas holen, wenn wir schon an der Stadt vorbeigehen."

„Nein, alles gut. Wir gehen direkt zu mir."

„Wasser, Regenschirm, Feenstaub, noch etwas?"

„Nein, ich denke das reicht."

Sie stopfte alles in einen Rucksack und stellte ihn an die Tür.

„Jetzt können wir entspannen."

Ich machte einen Schritt Richtung Wohnzimmer, als sie mich am T-Shirt festhielt.

„Warte. Wir haben das Essen vergessen."

Ich drehte mich um und folgte ihr in die Küche. Als sie mir den Teller reichte, musste ich an meine Großmutter denken. Meine Oma ist immer sehr fürsorglich und möchte nicht, dass ich verhungere.

„Hast du das heute ganz allein gemacht?"

„Ja. Wie meine Mutter. Alles frisch. Ich musste es nur jetzt gerade aufwärmen."

Krass. Respekt. Ich könnte höchstens das Gemüse schneiden. Mit dem Rest kam ich noch nicht zurecht. Entweder ist der Herd zu hoch oder das Essen versalzt.

„Schmeckt unnormal gut."

„Guten Appetit."

Als ich fertig aufgegessen hatte, stellte ich den Teller in die Spülmaschine.

Amelia sah mich verblüfft an. „Ich hätte das auch übernehmen können. Du bist schließlich mein Gast."

„Egal. Ich habe das Essen gegessen, was du eigentlich nur für dich gemacht hast. Das ist das Mindeste, was ich tun kann."

Sie schmunzelte süß. „Komm."

Sie ging ins Wohnzimmer und setzte sich auf das Sofa.

Ich schob den Stuhl zurück an den Tisch und setzte mich zu ihr. Sie schaltete den Fernseher an, aber stellte die Lautstärke leiser.

„Ich bin nervös. Ich weiß nicht, ob ich die Nacht in Ruhe schlafen kann. Zudem bin ich allein und weiß nicht, was morgen auf uns zukommen wird."

Ich biss mir nachdenklich auf die Unterlippe. Ich wollte sie nicht fragen, ob ich die Nacht bei ihr bleiben soll. Wir waren kein Paar und es wäre sicherlich komisch gewesen.

„Siehst du es genauso, Aiden?"

„Ich weiß nicht. Ich habe auch Angst vor dem Unwissen. Ich mache mir zu viele Gedanken."

Sie stützte ihr Kinn auf den Knien und schaute zum Fernseher. „Ich habe es langsam satt. Seit drei Wochen leben wir unter Druck und Ungewissheit. Ich kann ja nicht mal mit meinen Eltern darüber reden."

„Du kannst mich immer anrufen, wenn du jemanden zum Reden brauchst. Damit du Bescheid weißt. Ich bin immer da. Es sei denn ich habe Training, aber das ist sowieso erst um sieben."

Sie lächelte wieder. Das war das, was ich erreichen wollte.

„Danke. Meine Eltern sind am Sonntag wieder da. Aber ich nehme dein Angebot trotzdem an. Sie werden auch viel zu tun haben. Das bedeutet ich bin auch öfter allein zuhause, wenn Isabella keine Zeit hat. Du kannst auch jederzeit vorbeikommen, du musst mir nur vorher Bescheid geben. Morgen ist Freitag. Müssen wir irgendwas machen?", fragte sie und sprang auf.

„Wir schreiben morgen einen Vokabeltest. Englisch."

„Mist. Ich habe noch nicht gelernt."

„Dann ist es jetzt höchste Zeit."

Ihre Laune änderte sich schlagartig. „Wir gehen am besten in mein Zimmer."

Ich folgte ihr die Treppen hoch und setzte mich auf die Bettkante.

„Englisch ist nicht mein schlechtestes Fach, ich habe aber trotzdem immer Angst vor den Vokabeltests. Es kommen immer die Vokabeln darin vor die ich mir nie merken kann oder verwechsle", sagte Amelia.

„Frag mich mal. Meine Vokabeltests laufen immer schlecht. Egal welches Fach es auch ist."

„Dafür kannst du Sport oder Sozialwissenschaften."

„Ja, sprachen sind nicht mein Ding, aber das solltest du schaffen. Es ist schließlich keine Klassenarbeit. Es wird nicht sonderlich viel an der Note machen."

Nachdem sie ihre Bücher aus ihrer Tasche nahm, setzte sie sich an ihren Schreibtisch und schlug ihr Heft auf.

„Welche Seiten?", fragte sie grinsend. „Ich hab es mir nicht aufgeschrieben."

„245 bis 250."

„Mist. Warum so viel?"

„Keine Ahnung. Zehnte Klasse, halt. Was erwartest du denn? Eine Seite?", fragte ich ironisch und lachte.

„Nein, trotzdem. Es ist so viel."

„Soll ich dir die Vokabeln aufsagen und du schreibst sie ab? Dann kann ich sie auch nochmal durchgehen."

„Gute Idee." Sie reichte mir ihr Buch.

Wir übten fleißig und als wir fertig waren, sah ich mich in ihrem Zimmer um. Ich bemerkte, dass das Bett anders stand. „Sorry, wenn ich das jetzt so plötzlich frage, aber stellst du oft dein Bett um?"

Sie legte ihren Stift ab und schaute zu mir. „Wenn ich Langeweile habe, dann ja. Aber ich stelle nur mein Bett und den Nachttisch um. Der Rest wäre aufwändiger."

Ich sah an der gegenüberliegenden Wand eine Leine, an der mehrere Bilder hingen. Ich stand auf, um mir diese Fotos genauer anzusehen. Auf vielen Fotos war sie mit Isabella zu sehen. Zwischendrin waren auch ihre Eltern oder andere Freunde dabei.

„Sind das so Polaroid Bilder?"

„Ja. Sollen wir zusammen eins machen? Warum bin ich nicht früher darauf kommen. Isabella, ein paar Klassenkameradinnen und meine Familie hängen an dieser Leine. Die Kamera steht da auf dem Regal."

Sie zeigte auf ein Regal, dass rechts von mir stand und ich nahm die Kamera raus. Sie war mintgrün. Ich musterte sie von allen Seiten und machte versehentlich ein Foto von mir. Ich zuckte zusammen und sah, wie oben ein schwarzes Foto zum Vorschein kam.

„Amelia, ich habe ein schwarzes Bild geschossen."

Sie drehte ihren Schreibtischstuhl in meine Richtung. Ich zeigte ihr das Bild und sie lachte. „Aiden, du musst warten. Guck mal, man sieht es schon etwas."

Ich schaute es mir genauer an und sah mein verwirrtes Gesicht auf dem Bild.

„Ach du ...Wie guck ich denn?"

„Zeig mal."

Ich gab ihr das Foto und sie lachte. „Wenn man zum ersten Mal eine Polaroid Kamera in den Händen hält. Das halte ich fest."

Sie hing das Bild an eine freie Klammer und zeigte einen Daumen nach oben. „Jetzt können wir eins zu zweit machen."

Sie kam mir dabei sehr nahe, doch das Einzige, was ich für das Bild machen konnte, war mein Lächeln zu zeigen. Ich war Selfies nicht gewohnt, doch ihr so nahe zu sein, macht mich etwas unruhig.

„Sehr schön. Das werde ich aufhängen."

Wir setzten uns auf ihren Teppich und verbrachten den Rest des Abends damit, ein Brettspiel zu spielen.

In der Schule gingen wir nach den ersten Stunden in die große Pause. „Habt ihr schon etwas herausgefunden?" Louis kam auf uns zu.

„Wir sind kurz davor, Louis. Es war nicht leicht, doch es fehlt uns nur noch eine Sache. Hoffentlich", sagte ich.

„Gut. Ich habe keinem davon erzählt. Ich habe vor dem Schlafen immer zu viele Gedanken. Ich musste einfach nachfragen."

„Alles gut. Wir geben dir Bescheid, sobald irgendwas klar ist", sagte Aiden.

„Danke. Ihr seid die besten."

Ich schaute Amelia besorgt an und sie mich. „Er tut mir voll leid. Es muss hart sein, zu wissen, dass seine Schwester verschwunden ist und man sie nicht so leicht erreichen kann."

Ich nickte.

„Heute ist der Tag. Heute werden wir es schaffen, Aiden."

„Du bist motiviert. Gefällt mir."

Sie musste schmunzeln.

„Hallöchen ihr beiden." Isabella schloss sich uns an. „Wie geht's euch so?"

„Gut, dir?", fragte Amelia.

„Auch. Was macht ihr so?"

„Nichts. Wir haben nur über ein paar Dinge gesprochen", antwortete ich.

„Interessant. Amelia, hast du heute vielleicht Lust zu mir zu kommen?"

Amelia zögerte. Ich bin mir sicher, dass sie sie nicht anlügen wollte. Aber sie konnte ihr trotzdem nicht die Wahrheit erzählen.

„Ich bin heute leider schon verabredet. Tut mir leid."

„Oh, schade. Dann morgen?"

„Auch schlecht."

„Was ist denn auf einmal los? Seitdem deine Eltern weg sind, bist du immer beschäftigt. Du hast kaum noch Zeit für unsere Freundschaft."

Amelia blickte überfordert in meine Richtung und ich zuckte mit den Schultern.

„Du triffst dich mit Aiden, oder? Ich weiß. Du brauchst es mir nicht sagen. Sowas habe ich echt nicht von dir erwartet, Amelia. Du lässt mich hängen."

„Isabella ich-" Sie stoppte.

Isabella ging weg.

Verzweiflung bildete sich in Amelias Gesicht. „Was soll ich machen, Aiden? Ich kann ihr das doch nicht erzählen."

„Ich weiß. Du musst trotzdem mit ihr reden."

Sie folgte Isabella, ohne weiteres zu sagen und ich ging zu Henry und Phillip. Ich konnte noch ein wenig beobachten, wie die beiden miteinander sprachen.

Kapitel 21 – Amelia

„Isabella. Warte doch bitte."

Sie blieb stehen und drehte sich um. „Amelia ich habe es langsam wirklich satt. Bist du mit ihm zusammen oder nicht? Sag mir doch einfach die Wahrheit."

„Wir sind nicht zusammen."

„Ihr verhaltet euch aber so."

„Ja, und? Darf man nicht mit einem Jungen befreundet sein?"

Sie zögerte. „Warum trefft ihr euch so häufig?"

„Er fragt halt. Er ist neu, ich weiß. Wir haben uns aber näher kennengelernt und festgestellt, dass wir uns sehr gut verstehen. Es hat sich eine gute Freundschaft entwickelt."

„Dafür musst du deine beste Freundin vergessen?"

„Nein. Ich ..."

„Siehst du?", unterbrach sie mich und zog die Augenbrauen zusammen. „Es gibt kein Argument dafür."

„Isabella. Soll ich dir die Wahrheit erzählen?"

„Bitte. Es reicht langsam."

„Ich stehe auf ihn, aber er weiß es nicht", flüsterte ich ernst.

Isabella verstummte. „Wusste ich es doch." Sie beruhigte sich wieder und kam näher. „Warum hast du mir das nicht früher gesagt?"

Ich zögerte. „Ich wusste nicht, wie."

Sie umarmte mich. „Amelia ..."

Wir lösten uns aus der Umarmung und sahen uns an. „Vertragen?",
fragte ich.
„Ja. Danke, dass du mir die Wahrheit gesagt hast."

Nach der Schule traf ich auf Aiden. „Was hast du ihr gesagt?"
„Die Wahrheit."
„Was?" Er schaute mich schockiert an.
„Nicht *die* Wahrheit."
Er atmete erleichtert aus. „Ich dachte schon."
„Ich habe gesagt, dass wir nicht in einer Beziehung sind. Sie hat das
ganze falsch verstanden."
„Ach so. Diese Wahrheit also ..."
„Ja. Mehr nicht. Ich habe halt gesagt, dass wir uns näher kennengelernt
haben und befreundet sind. Das stimmt ja alles."
„Ja, stimmt. Gehen wir?"
Ich nickte und wir verließen das Schulgelände.
Seine Reaktion verwirrte mich ein wenig. Er wirkte eher bedrückt, dass
ich ihr das alles gesagt hatte, anstatt zu sagen, dass es gut so war. Aber
dass ich ihr nicht von dem Geheimnis erzählt habe, fand er gut.

Ein paar Stunden später waren wir wieder in Anima.
„Zurück in unserer Welt", sagte Aiden.
„Du meinst, sie gehört jetzt uns?"
„Wir tragen die Schlüssel mit uns. Nur wir können sie erreichen."
Und die Feen, dachte ich mir. Feen. Niemals hätte ich gedacht, dass sie
wirklich existieren könnten.
Ich schaute auf meinen Ring und schmunzelte. Dann nickte ich stumm.
Unsere Reise ging weiter. Mit jedem Schritt neigte sie sich dem Ende
zu.

Wir waren uns allerdings nie sicher, wann das Ende kommen würde, ob es noch mehrere Meter oder Kilometer waren. Das Wichtigste war, immer geradeaus und in Richtung Horizont blicken.

„Lust auf ein Rennen?"

„Du wirst doch so oder so gewinnen."

Er rannte einfach los. „Mal sehen!", rief er.

Ich seufzte und lief ihn hinterher „Warte doch!", rief ich zurück und stoppte.

Er hielt an und lief zurück. Er wirkte nicht erschöpft von dem Rennen. Er atmete nur etwas schneller. Seine kurzen braunen Haare schauten in alle Richtungen und es sah so gut aus, auch wenn es nicht seine Absicht war. Ich weiß nicht, wieso es mir so gefiel. Als hätte er meine Gedanken gelesen fuhr er sich durch die Haare und richtete sie.

„Komm. Du schaffst das schon."

Ich machte mich bereit und sprintete los.

„Hey!"

„Tja!", rief ich ihm lachend hinterher.

Die Sonne kam mir immer näher. Es wurde immer anstrengender, doch ich stoppte nicht, nicht jetzt. Ich wurde langsamer und es erinnerte mich an das anstrengende Ausdauertraining im Sportunterricht, nur, dass ich es freiwillig tat. Aiden holte mich langsam ein.

Es wurde immer wärmer und ich begann, stark zu schwitzen. Es wurde unangenehm und ich wurde langsamer. Ich hörte auf zu denken und ein komisches Gefühl erfüllte meinen ganzen Körper.

Es hörte nicht auf. Ich fühlte mich wie angezogen. Etwas zog mich in diese Richtung. Gerade eben noch hatte die Erschöpfung in mir gebrannt, nun aber fiel mir das Laufen deutlich leichter.

Es war ... komisch.

Himmel, ich konnte nicht mehr denken.

Kapitel 22 – Aiden

So langsam wurde es immer anstrengender. Nicht nur durch das Rennen begann ich zu schwitzen, auch das Wetter spielte mit einem Mal verrückt. Wolken zogen in doppelter Geschwindigkeit am Himmel vorbei und der Wind wurde stärker.

Amelia rannte weiter.

„Amelia!"

Sie reagierte nicht. Sie war zu schnell. Ich versuchte sie einzuholen und trotzdem Kraft und Energie zu sparen.

Der Weg war sehr steinig und es wurde unangenehm unter den Füßen. Die riesigen Steine, die überall waren, drückten in den Sohlen.

Amelia wollte einfach nicht anhalten. Dann sah ich es vor uns.

„Amelia! Du musst anhalten! Sofort!"

Ich musste es tun. Ich nahm meine ganze Kraft zusammen und sprintete los. Ich blendete meine Umgebung aus und fokussierte mich vollkommen darauf, sie nicht aus den Augen zu verlieren, bevor sie um die nächste Kurve verschwand. Es könnte jeden Moment zu spät sein.

„Amelia!"

Es brachte nichts. Ich musste mich auf meine Atmung konzentrieren, doch ich konnte nicht. Mein Herz pochte, Schweiß lief mir von der Stirn und meine Füße schmerzten. Ich erreichte sie, denn sie wurde langsamer. Ich schlug meine Arme um ihre Taille und zog sie zur Seite. Wir vielen beide zu Boden und sahen das Ende.

Oh nein, ...

Es wäre fast zu spät gewesen. Ein Schritt...

„Aiden?"

Ich atmete erleichtert aus. „Ja, ich bin es. Geht es dir gut?"

Sie kniff ihre Augen zusammen. „Mir ist warm. Irgendwas hat mich gezogen."

„Gezogen? Wie meinst du das?"

„Ja, gezogen. Ich wurde angezogen von ... Ich weiß nicht."

Die Luft war enorm trocken. Sie kratzte in meiner Kehle.

„Sowas wie eine Art von Hypnose?", fragte ich sie.

Sie brachte sich in eine aufrechte Position. „Ich weiß nicht. Ich konnte mich nicht kontrollieren."

„Du wärst fast gestorben", sagte ich und versuchte ihr in die Augen zu sehen, doch die Sonne gab mir nicht die Möglichkeit. Stattdessen kniff ich sie leicht zusammen. Sie zitterte, obwohl die Sonne uns zu nahestand.

„Aiden ... Wie soll ich dir dafür danken?"

Ehe ich etwas sagen konnte, fiel Amelia mir um den Hals. Sie legte ihren Kopf auf meine Schulter und drückte mich ganz fest. Ich umarmte sie, ohne etwas zu sagen. Sie brauchte es in diesem Moment. Ich hätte sie auch ungern zurückgewiesen. Wir umarmten uns für eine Weile stumm und die Nervosität stieg immer weiter in mir an.

Amelia roch unglaublich gut. Ich glaubte, mich daran zu erinnern, dass es der Duft war, den ich ihr gekauft hatte. Es duftete wie eine bunte Mischung aus blumigen, süßen Duftnoten und es gefiel mir. Sie ließ mich wieder los und entschuldigte sich. „Tut mir leid. Ich hätte dich vorher Fragen sollen."

„Amelia, wir sind Freunde. Ich würde dich niemals abweisen, nur weil du mich umarmen möchtest."

Sie lächelte verlegen. Dann stand sie auf und sah nach unten, in eine tiefe Schlucht, die sich über mehrere hundert Meter ausdehnte. Am Horizont prangte die tiefenschwarze Sonne.

Ich schaute zu Amelia und konnte nun die Angst in ihren Augen sehen. „Was zur ... Wo sind wir hier gelandet?", fragte sie.

„Ich ... Mir fehlen die Worte", sagte ich. Ich war verzweifelt. Ich sah dieses Schwarz, was uns nahezu umgab. Wir saßen neben dieser Kante an der Amelia knapp dem Tod entkommen war.

Ich hob einen Stein auf und warf ihn in die Schlucht. „Vielleicht können wir etwas hören."

Wir schauten beide runter, doch konnten keinen Aufprall hören.

Eine Stille lag zwischen uns.

Auf einmal stellte ich alles in Frage. Ob das unser einziger Weg war, das Ende zu erfahren. Ob wir nochmal zurückgehen sollten, oder nicht. Ob ich es vermasselt hatte, oder wir beide. Amelia kann ich die Schuld nicht in die Schuhe schieben. Hätte ich nicht rechtzeitig gehandelt, wäre sie abgestürzt.

„Ich mache mir langsam Sorgen. Was sollen wir mit dieser Tiefe machen."

Ich zögerte lange. Ich wusste nicht, was ich ihr antworten sollte. Ihr kamen die Tränen und es brach mir das Herz. Ich vergrub die Hände in meinem Gesicht.

„Amelia, ich ... habe gerade keine Worte."

„Es tut mir so leid. Ich hätte dich niemals finden sollen. Alles war ein Fehler. Ich kann das nicht mehr. Ich bereue es, dir den Ring gegeben zu haben und bereue es, in diesen scheiß Wald gegangen zu sein ... Ich bereue es, überhaupt nochmal einen Schritt in diese Welt gemacht zu haben."

Ich legte eine Hand auf ihre Schulter. „Wir müssen jetzt einen klaren Kopf bewahren. Es ist hart. Unsere Füße schmerzen, aber wir haben es bis hierhin geschafft."

„Ich weiß." Sie stand auf.

Ich stand ebenfalls auf. „Was geht dir durch den Kopf?"

Sie drehte sich zu mir und nahm meine Hand. „Ich habe nachgedacht, Aiden. Wenn wir es jetzt wirklich machen wollen, müssen wir da runter."

„Du willst springen?"

„Ja."

Kapitel 23 - Amelia

„Wir müssen es tun, Aiden. Es wird keinen anderen Ausweg geben. Vielleicht ist das eine Probe. Dass wir beide uns wirklich auf alles gemeinsam einlassen können. Höhen und Tiefen. Alle Situationen." Mir kamen die Tränen. „Was wir alles schon erlebt haben, wird niemand abkaufen, wenn das Geheimnis rauskommt, wichtig ist aber, dass wir alles überlebt haben. Wenn wir das hier auch überleben, auch wenn es härter wird als alles andere, möchte ich, dass wir positiv darauf zurückblicken können, um zu sagen, dass wir auch diese Hürde gemeistert haben." Ich sah ihm schniefend in die Augen, doch er blieb stumm.

„Machen wir es, Aiden?"

Er schaute kurz nach unten und dann wieder zu mir. „Ich habe dir versprochen, immer für dich da zu sein. Für uns."

„Ist das ein Ja?"

„Ja."

Ich drückte seine Hand und schloss meine Augen. „Auf drei."

Aiden zögerte nicht. „Eins."

„Zwei."

„Drei."

Es war Kälte, die ich spürte und den Gegenwind. Dunkelheit umgab uns und ich fühlte mich schwerelos. Gänsehaut umhüllte meinen Körper und meine Lider waren schwer. Haare im Gesicht, Angst im

Körper. Es war endlos, ich hatte gedacht, es wäre schnell vorbei. Noh lebte ich. Ich merkte, wie Aiden meine Hand losließ. Ich sah mein Leben an mir vorbeiziehen. Meine Eltern, Meine Freunde. Meine Mutter, wie sie weint, meinen Vater, der sie weinend in den Armen hält. Isabella, regungslos in die Ecke starren. Mit Tränen im Auge und Fotos in der Hand. Von uns. Meine Lehrerin, wie sie der Klasse von mir erzählt. Von meinem Versagen, was mich das Leben kostete. Aiden. Ihn sah ich nicht.

Wieso?

Ich wusste es nicht. Meine Gedanken waren zu durcheinander.

Ich gab es auf und ließ mich endlos weiter fallen. Doch dann passierte es mit einem Mal. Etwas schliff über meine Haut. Es war warm und fühlte sich nach Geborgenheit an. Es kam näher und war nun um mich herum. Ich konnte Töne hören, doch es klang viel zu weit weg, obwohl es direkt neben mir war. Atem strich über meine Schulter und Ich konnte die Wärme spüren. Arme um meinen Rücken und Haare in meinem Gesicht.

„Amelia ...“

Die Stimme kam mir bekannt vor. Er war noch bei mir. Plötzlich konnte ich alles klar hören. Ich öffnete meine Augen, doch ich sah nichts. Sie gewöhnten sich nicht an die Dunkelheit, weil weit und breit kein Licht war. Doch ich war nicht allein. „Aiden?“

„Ja. Wir leben.“

„Ich falle.“

„Wir beide fallen. Ich habe dich.“

Ich hörte, wie er den Reißverschluss an meinem Rucksack öffnete. Da er mich weiterhin mit einem Arm festhielt, ruckelte er mit dem anderen etwas herum. Ein leichtes klingeln erklang und ich sah den ganzen Feenstaub um uns herum und plötzlich hingen wir in der Luft. Meine Haare richteten sich und ich konnte mich bewegen. Nicht zu wissen, was unter einem ist, machte mich noch viel nervöser. Es war unangenehm, doch ich versuchte es auszublenden.

„Du hast es schon wieder getan", sagte ich hustend.

„Unser Leben gerettet, ich weiß."

Er ließ mich los, ich wollte es nicht, doch ich sagte nichts.

Durch den Feenstaub konnten wir unsere Umrisse sehen, doch es war trotzdem schwer.

„Wir sollten nachsehen, ob wir wirklich richtig sind."

„Wo sollen wir dann hin?", fragte Aiden.

„Wir müssen weiter runter."

„Bist du dir sicher?"

„Ganz sicher. Oben war nichts."

Wir flogen runter, ohne weiter zu zögern. Dunkelheit umhüllte uns wieder. Ich hielt meine Arme weit vor mir, um mir nicht den Kopf zu stoßen.

„Aiden, warte."

Wir stoppten.

„Da ..."

„Was?"

„Da ist Licht."

Wir schauten beide nach unten.

„Tatsächlich. Ich dachte hier wäre nichts."

„Dachte ich auch. Wir müssen dahin."

Stück für Stück näherten wir uns dem Licht. Es war tatsächlich etwas wie ein Höhleneingang, der Eingang war fünf Meter hoch und Helligkeit wurde in jede Richtung gestreut. Je weiter wir dran waren, desto mehr konnten wir erkennen, was sich darin befand.

Und es war das, was wir nicht erwartet hätten.

Kapitel 24 – Aiden

Wir landeten auf einem Plateau und standen vor einem Haus. In einer Welt mit nichts außer Natur. Die Ziegelsteine hatten einen ähnlichen gräulichen Farbton, wie die drei Höhlenwände um uns herum. Das Haus stand mittendrin, es war von jeder Seite zu erreichen.

„Wie kommt das hier hin?", fragte Amelia.

„Magie?"

„Wohlmöglich. Ganz schön kalt hier unten, nicht?"

„Du kannst meine Jacke haben." Ich zog sie aus und gab sie ihr. „Mir wird nicht so schnell kalt. Keine Sorge", sagte ich, während sie sie anzog.

Wir gingen weiter. Die Tür war auf der vom Eingang gegenüberliegenden Seite.

„Wohnt hier jemand?", fragte ich

„Das Licht brennt, mit Sicherheit."

„Soll ich sie wirklich öffnen?"

Sie zuckte mit den Schultern. „Unsere Einzige Quelle für Antworten in dieser Tiefe."

„Du hast Recht." Vorsichtig öffnete ich die Tür und zunächst hörten wir keine Geräusche. Vor uns lagen Säcke voller Gemüse und Obst. Brot und anderes Gebäck lag auf der anderen Seite in Kisten. Weiter hinten an einer hölzernen Treppe lagen Eimer und Flaschen mit klarem Wasser. Der Boden war aus Laminat und knackte etwas. Wir näherten uns der Treppe und ich warf versehentlich eine Flasche um.

„Da ist jemand", hörte man von oben.

Es war eine weibliche Stimme. Anfang zwanzig ungefähr. Ich kann das schlecht einschätzen, aber sie war definitiv nicht jünger als wir. Wir sahen uns mit großen Augen an und nickten. Langsam gingen wir die Treppen hoch. Als wir oben angelangt waren, sahen wir zwei Personen auf einem Bett. Sie hatten sich eine Decke übergezogen und ihre Blicke wirkten ängstlich. Das Mädchen erinnerte mich ein wenig an Louis. Sie hatte langes blondes Haar. Der Junge neben ihr hatte kurze dunkelblonde Haare. Mehr konnte ich nicht sehen.

Das muss seine Schwester sein!

Wer seid ihr?", fragte das Mädchen.

„Sophia? Nick?", stellte Amelia als Gegenfrage.

„Woher kennt ihr unsere Namen?", fragte Nick.

„Das ist eine lange Geschichte. Wir sind Aiden und Amelia. Wir sind hier, um euch zu retten."

Nick schaute zu Sophia. „Bitte lass das kein Scherz sein. Wir haben genug elend erlebt und wahrscheinlich Jahre hier verbracht. Die Feen sind mehr als herzlos."

„Du meinst Rose?", fragte Amelia.

„Ja. Dieses kleine Ding hat uns hier gefangen gehalten", antwortete Sophia.

Wir setzten uns zu den beiden ans Bett.

„Louis vermisst dich ganz doll", sagte Amelia zu Sophia.

Als sie das hörte, füllten sich ihre Augen mit Tränen. „Oh, mein kleiner Louis. Er ist bestimmt schon größer als ich."

Amelia strich über ihre Hand. Sie wollte Sophia gerade etwas sagen, als sich plötzlich eine Wolke aus Feenstaub sich vor uns bildete. Es war Rose.

„Dieses kleine Ding ...", murmelte Sophia.

„Hallo Amelia, hallo Aiden. Ihr habt es geschafft. Ihr habt die Reise beendet. Ihr-"

„Warte. Du hast uns einiges zu erklären, Rose", unterbrach Amelia sie streng.

„Äh ..." Sie wurde nervös. Dann fuchtelte sie mit ihren Händen herum und ihre Staubwolke umhüllte uns. Der Feenstaub juckte in den Augen und brachte uns zum Husten.

Innerhalb einer Sekunde standen wir plötzlich auf einer Wiese. Die endlose Schlucht war weit und breit nicht zu sehen. Ich blickte verwirrt durch die Gegend. Jeder schaute Rose mit fragenden Blicken an.

„Bis zum Geschenk behaltet ihr beiden die Ringe."

„Rose!", rief Amelia und sie zuckte zusammen. „Was soll das? Ist dir klar, dass die beiden Jahre lang wegen dir gelitten haben? Familien weinen und verlieren die Hoffnung sie jemals wiederzusehen. Nur, damit wir ein *Geheimnis* lösen, welches durch *dich* erzeugt wurde. Das ist doch nichts, was man feiert! Das ist kein Erfolg."

„Amelia, das kann ich dir erst sagen-"

„Da gibt es nichts zu erklären, Rose. Du hast die beiden leiden lassen, damit Aiden und ich stolz aufeinander sein können, weil wir", sie zeigte auf Sophia und Nick, „die beiden gefunden haben, obwohl du sie eingesperrt hast und dir war nicht klar, wie es enden wird? Und außerdem, woher kennst du unsere Namen?"

„Das werde ich dir zum richtigen Zeitpunkt erklären. Jetzt lass mich bitte zu Ende sprechen."

Amelia atmete aus und rollte mit den Augen. Sie verschränkte die Arme vor der Brust und schaute zu mir. Ich zuckte mit den Schultern und drehte mich zu Rose.

„Lässt du mich weitersprechen oder hast du noch etwas zu sagen?", fragte Rose Amelia.

Die Stimmung war angespannt. Dass es so endet, hätte ich nicht erwartet. Ich schüttelte den Kopf und blieb stumm. Sophia und Nick schauten abwechselnd einmal zu uns und zu Rose.

„Ich ..." Rose zögerte und senkte den Kopf. „Ihr könnt erstmal Anima verlassen. Amelia-"

„Hör damit auf. Ich will meinen Namen nicht mehr von dir hören."

Rose sah verzweifelt aus, doch konnte uns nicht erklären, warum sie es so enden ließ. „Ihr müsst Sophia und Nick berühren, um sie mitnehmen zu können. Anders kommen sie nicht von hier weg." Rose ließ die Arme hängen und schaute zu Boden.

Ich nickte und wir hielten uns alle an den Händen und verließen die Welt.

„Ich habe Angst", sagte Sophia als wir vor ihrer Haustür standen und klingelten.

„Ich auch", antwortete Amelia und hielt sich an meinem Arm fest.

„Meine Knie sind ganz weich", sagte ich zu Nick, der vor Nervosität seine Fäuste ballte.

Die Tür wurde von Louis geöffnet. Unsere Blicke kreuzten sich und er bemerkte nach wenigen Sekunden, dass seine Schwester neben uns stand. Mit großen Augen und der Hand vor dem Mund fiel er auf die Knie und fing an zu weinen. „Mama! Papa!", rief er.

Seine Eltern rannten an die Tür und glaubten nicht, was sie sahen. Ihre Augen füllten sich und ich musste weinen. Ich schaute zu Amelia und sah, wie auch sie ihre Tränen nicht zurückhalten konnte. Wir rückten zu Seite und ließen Sophia zu Louis und ihren Eltern. Dieses Chaos voller Emotionen machte mich glücklich, doch ich weinte weiter. Es rührte mich zutiefst.

Ich hielt Amelia die Hand hin, damit sie einschlagen konnte. „Wir haben es geschafft", sagte ich.

„Gemeinsam. Mit Vertrauen und Zusammenhalt." Sie schmunzelte und ich wischte ihr eine Träne aus dem Gesicht.

„Dreamteam", sagte Nick und wir drehten uns zu ihm um.

„Nick. Komm", sagte die Mutter von Louis und Sophia und nahm Nick mit in die große Umarmung der Familie.

Als sie sich nach einer Weile trennten zeigte Louis auf uns. „Das ist alles Amelia und Aiden zu verdanken. Sie haben die beiden gefunden."

Wir fühlten uns geschmeichelt, als die Eltern uns beide umarmten. In meinen Gedanken spukte noch immer Rose herum und das Wissen, dass sie Sophia und Nick eingesperrt hatte, damit wir uns wie Helden fühlen, was ohne Rose nicht nötig gewesen wäre, weil jeder so oder so glücklich gewesen wäre, weil durch die Reise noch mehr durcheinandergekommen war.

„Wie soll ich euch dafür danken? Was kann ich als Gegenleistung geben?", fragte die Mutter von Sophia und Louis.

„Das ist nicht nötig. Wir wollen nichts dafür", winkte Amelia ab. Sie sah zu mir und ich konnte in ihrem Blick erkennen, dass sie durch die Sache mit Rose keine Belohnung haben wollte.

„Doch. Ihr habt es euch mächtig verdient. Ich habe einen Kuchen gebacken. Das könnt ihr annehmen. Ohne euch wäre das hier gerade nicht möglich. Dank euch ist unsere Familie wieder vereint."

Amelia nickte.

Die Mutter ging rein und kam mit einem Kuchen wieder. Amelia nahm diesen dankend an und wir verabschiedeten uns.

„Nick, wir rufen direkt deine Eltern zu uns", hörten wir von dem Vater, als sie die Tür schlossen.

Wir entfernten uns tief ausatmend ein paar Schritte von dem Haus und setzten uns auf eine Bank.

Das war also das Ende, dachte ich mir und lächelte in den Himmel.

„Ich kann nicht glauben, dass wir bis hierhin gekommen sind." Sie sah mich an und strahlte voller Freude.

„Zusammenhalt, wie du es bereits gesagt hattest." Ich nahm sie in den Arm und wir blieben Kopf an Kopf sitzen.

Kapitel 25 – Amelia

Es war Samstag. Meine Eltern kamen jeden Moment zurück. Gespannt wartete ich darauf, dass es klingelte. Das Essen war bereit, der Tisch war gedeckt und mein Herz pochte. Aufregung stieg in mir an. Fast drei Wochen allein zu sein ist nicht einfach gewesen, besonders wegen der Reise mit Aiden, aber Ende gut, alles gut. Am Abend war uns Rose eine Antwort schuldig. Darauf war ich am meisten gespannt.

Ich sah das Auto in die Einfahrt rollen und hüpfte durch die Gegend. Als es anhielt öffnete ich die Tür und fiel beiden in die Arme. Ich ließ ihnen keine Zeit, erst ihr Gepäck aus dem Auto zu holen.

„Amelia, mein Schatz. Geht es dir gut?", fragte meine Mutter.

„Mir geht es klasse. Euch?"

„Uns geht es zum Glück auch sehr gut. Die Fahrt war entspannt und wir sind gut durchgekommen", antwortete mein Vater.

„Das Essen steht schon für euch bereit. Nichts Großes, aber ich habe mir Mühe gegeben."

„Du musst Aiden rufen. Es wäre gut, wenn er so schnell wie möglich kommt", warf meine Mutter in die Stille, die wir für einen kurzen Moment hatten, ein, als wir am Abend am Esstisch saßen.

Ich sah sie verwirrt an. Ich hatte ihr bisher kaum etwas von ihm erzählt. Das wir befreundet waren wusste sie, aber mehr auch nicht.

„Warum, wenn ich fragen darf?"

„Das erkläre ich, wenn er dabei ist."

Ich nahm mein Handy und tippte die Nachricht ein.

Hey. Meine Eltern wollen mit uns sprechen. Du musst dringend kommen. Am besten jetzt.

Nach wenigen Minuten antwortete er.

Okay? Ist etwas passiert?

Ich weiß es nicht. Du musst kommen, sonst erfahren wir es nicht. Ich habe ein komisches Gefühl. So kenne ich meine Mutter nicht ...

Okay. Ich mache mich auf den Weg. Ich bin in paar Minuten da.

Ich legte mein Handy weg. Nachdem ich meiner Mutter beim Aufräumen half, setzten wir uns ins Wohnzimmer. Nach knapp fünfzehn Minuten klingelte es. Es war Aiden.
„Hey. Komm rein.“
Er ging ins Wohnzimmer und begrüßte meine Eltern höflich. Dann setzte er sich neben mich und wir warteten gespannt darauf, dass meine Mutter anfing zu erzählen.
„Es ist eine lange Geschichte. Ich weiß nicht, wie ich anfangen soll“, sagte sie.
„Sagen sie bitte nicht, dass wir Geschwister sind“, unterbrach Aiden sie.
Sie musste lachen. „Nein, keine Sorge. Euer Zusammenhalt hat eine andere Erklärung.“
„Mama ... Woher weißt du das? Ich habe dir nie davon erzählt.“
„Amelia. Ich ... wir haben dir etwas Großes verheimlicht.“ Sie zögerte.
„Was denn?“
Sie räusperte sich. „Die Wahrheit ist, dass ich schon von Anfang an von euch wusste. Von der Reise. Was wann passierte.“

„Woher?" Ich wurde laut. Ich zitterte. Aiden hielt meine Hand fest.

„Du hast mir nie davon erzählt, Amelia. Ich weiß. Dein Vater und ich sind euch einige Antworten schuldig. Die Geschäftsreise war nur ein Ablenkungsmanöver."

„Bitte was? Wo wart ihr dann die ganze Zeit? Wisst ihr eigentlich, was die letzte Zeit alles passiert ist?"

Sie schauten sich beide an. „Ja, wir waren im Hotel einer anderen Stadt", sagte mein Vater.

Ich fing an zu weinen. „Ich glaub es nicht! Wie konntet ihr nur?"

„Dazu komme ich doch mein Schatz."

Ich nahm mir ein Taschentuch. Aiden blieb stumm und strich mir beruhigend über den Rücken.

„Ich habe die Ringe versteckt und ich habe dich zur Auserwählten gemacht. Ich bin die, die du gestern angeschrien hast."

„Du ..."

„Ja. Ich, deine Mutter, Amelia, bin Rose. Die Fee, die dir diese Aufgabe gegeben hat."

Was zur Hölle erzählte sie gerade?

„Du bist eine Fee? Wie ist das möglich?"

„Das ist ein sehr altes Geheimnis, Amelia. Ich kann es dir wirklich nicht erklären, außer dir zu sagen, dass es etwas mit Seelenverwandtschaft zu tun hat."

„Seelenverwandtschaft?"

„Ja. Aiden und du, ihr seid Seelenverwandte. Ohne diese Bindung wäre das alles nicht möglich gewesen."

Unsere Blicke trafen sich. „Wir sind Seelenverwandte, Aiden."

Er war sprachlos.

Ich sah wieder zu meiner Mutter.

„Ja. Die Welt, Anima, bedeutet Seele. Der Spruch *Anima nos coniungit* er bedeutet *Die Seele verbindet uns*. Die ganze Welt dreht sich um die Seelenverwandtschaft. Unter einer Bedingung. Und das war ein

Fehler, den dein Vater und ich gemacht haben. Die Ringe müssen innerhalb der Familie abgegeben werden."

Auf einmal wurde mir einiges klar. „Das bedeutet, dass Sophia und Nick eigentlich nicht die Ringe im Besitz haben durften? Wieso hatten sie die trotzdem?"

„Nun ja, du warst noch nicht alt genug. Normalerweise läuft diese Reise, seinen Seelenverwandten kennenzulernen in bestimmten Jahresabschnitten ab. Sophias Mutter hat bei uns für eine Zeit gearbeitet. Wir hatten uns echt gut verstanden, bis sie sich dazu entschlossen hatte, ihren Job aufzugeben. Ich weiß bis heute nicht wieso, aber damals, als es mit den Ringen so weit war, war ihre Tochter, Sophia, fünfzehn. Ich habe nicht lange nachgedacht und ihr die Aufgabe gegeben, mit einem verbündeten das Geheimnis zu lüften, weil ich Angst hatte, dass die Ursas sich bald auf den Weg machen."

Ich sah zu Aiden, der meiner Mutter wie gebannt zuhörte.

„Während der Reise habe ich aber gemerkt, dass es nicht die Art von Zusammenhalt war, die diese Familie seit Jahrhunderten mit sich trägt. Mir war bewusst, dass sie nicht Teil der Familie waren, aber ich musste meine Aufgabe als nächste Fee irgendwie vollenden. Die beiden sind ein wundervolles Pärchen. Man merkt, dass sie sich gesucht und gefunden haben, aber es war nicht richtig. Nicht richtig von mir. Bis ich schlussendlich die einzige Möglichkeit wählen musste, richtig zu handeln, um das Familiäre zu schützen und weiterzuführen. Ich musste ihnen die Ringe wegnehmen, damit die Ursas nicht bemerkten, dass sich etwas tat. In der Welt. So hatte es deine Oma mir erklärt, als ich völlig verzweifelt um Hilfe gebeten hatte."

So ein Gespräch mit meiner Mutter zu führen hätte ich für unmöglich gehalten, doch ich konnte sehen und spüren, wie sie unter diesem Geheimnis gelitten hat. Und das alles nur um die Familie nicht zu enttäuschen.

„Das Geheimnis war nicht, die beiden zu finden, es war, dass *ihr* euch findet. Ihr beiden habt während der Reise Momente erlebt, die euch stärker und verbündeter gemacht haben. Es gab Momente, in denen ihr dem Tod nahe wart, doch glaubt mir, ich hätte alles getan, damit es nicht passiert. Die Situation in der Höhle. In der habe ich euch gerettet, weil es sonst kein gutes Ende gegeben hätte."

„Mama, bedeutet das, dass ich später auch deine Aufgabe übernehmen muss?"

Sie nickte mir lächelnd zu. „Keine Angst, ich werde es dir schon so bald wie möglich beibringen und erklären. Jetzt solltet ihr aber in die Welt gehen, wie ich es euch gestern gesagt hatte."

Ich stand auf und gab ihr eine Umarmung.

„Ich wollte dich nie zu sehr damit belasten, mein Schatz."

„Das hast du nicht, ... vielleicht ein bisschen, aber ich weiß ja jetzt die Wahrheit und kann gut damit leben, auch wenn ich immer noch nicht glauben kann, dass Feen wirklich existieren."

„Es gibt noch viele weitere die du in deiner Rolle als Fee kennenlernen wirst."

Ich löste mich aus ihrer Umarmung und strahlte sie an. „Wirklich?"

Sie nickte.

„Aiden wir sind Seelenverwandte!" Ich hüpfte freudig leicht auf und ab, als wir im Park angelangten. „Ist das nicht unglaublich?"

Er nickte lächelnd. „Das ist wirklich krass. Glaubst du, das bedeutet etwas für die Zukunft?"

Er nahm mich an die Hand, um den Spruch aufzusagen. Dabei schaute er mich so unglaublich schön an, sein schmunzeln strahlte über beide Ohren.

Meine Freude ließ nach und er brachte mich mit diesen Worten in eine Gedankenschleife.

Warte. Sind Seelenverwandte nicht oft Liebende?

Kapitel 26 – Aiden

Als wir erneut in die Welt eintraten, stiegen wir auf einen großen Hügel, der sich in der Nähe des Sees befand, welcher uns in den ersten Tagen in den Wald führte. Wir waren wieder am Anfang der Welt. Dort, wo wir sie das erste Mal betreten hatten.

Der Hügel bot uns eine wundervolle Aussicht auf den Sonnenuntergang am Horizont. Es erinnerte mich wieder an meinen verstorbenen Freund, was mich ein wenig bedrückte, dass es genau den Moment traf, auf den ich so lange schon gewartet hatte, dass er eintrifft.

„Ich kenne mich wirklich nicht gut mit der Seelenverwandtschaft aus, aber so wie ich das verstanden habe, bleiben Seelenverwandte für immer zusammen", sagte ich ohne Amelia anzusehen. Ich wurde ein wenig nervös, weil ich vielleicht heute schon den Schritt gehen könnte, auf den ich gewartet hatte. Ich war bereit und traute mich.

„Das ist ein Thema, da kann man nicht schnell auf eine Antwort kommen, aber ich finde es schön zu wissen, dass wir für immer beieinanderbleiben werden", sagte Amelia daraufhin. „Das ist ein schönes Zeichen. Für uns als Personen."

„Ja, da hast du Recht. Es ist echt erstaunlich. Als hätte jemand meinen seligsten Wunsch in Erfüllung gebracht", sagte ich und schaute zu Boden.

„Deinen seligsten Wunsch?"

Als ich mich räusperte sah sie mich besorgt an. „Ist etwas?"

Ich hatte Angst vor diesem Moment. Dieser Moment könnte alles zerstören, doch ich riss mich zusammen. Ich schaute sie an und mein Blick wanderte unauffällig von ihren Augen zu ihren Lippen.

Soll ich es wirklich tun?

„Nein. Es ist alles gut. Ich habe keine Lust mehr", flüsterte ich.

Ich schlang einen Arm um sie und rückte näher.

Sie sagte nichts, ließ es aber zu. Ich sah wieder zu ihr. Tief in ihre wunderschönen Augen. Eine Strähne fiel ihr ins Gesicht und ich strich sie vorsichtig weg. Ich kam näher und schaute nun intensiver auf ihre Lippen.

Aiden du musst es tun. Du musst.

Ich war nun ihrem Gesicht sehr nahe und sie tat nichts dagegen. Das war meine Chance. Ich musste sie nutzen. Ich wurde nervös. Ich hatte das noch nie zuvor in meinem Leben gemacht. Es war mein erstes Mal. Sie war die erste. Meine erste Liebe, die ich niemals vergessen möchte.

„Auf was?", fragte sie leise.

„Dir geheim zu halten, wie sehr ich dich liebe."

Wenige Zentimeter zwischen uns. Wenige Sekunden. Die wahrscheinlich wichtigsten Sekunden meines Lebens.

Alles war wie in Zeitlupe. Meine Gefühle spielten verrückt.

„Du und ich", flüsterte ich.

„Wir", flüsterte sie.

„Für immer."

Und ich tat es. Ich küsste sie.

Teil 2

Kapitel 27 – Amelia

Vier Wochen später

Es ist genau vier Wochen her. Wir waren genau einen Monat zusammen und es konnte nicht besser laufen.

Es war der Morgen des zehnten Oktobers. Unser Geburtstag. Dass ich das jemals so sagen werde, hätte ich nicht gedacht, aber mein Freund und ich haben tatsächlich am gleichen Tag Geburtstag. Wir sind Seelenverwandte. Wir sind ein Paar.

Mein erster Tag als sechzehnjährige lief normal ab. Wir hatten Schule. Ich zog mich an, machte mich fertig und ging runter in die Küche.

Ich umarmte meine Mutter, die mir gratulierte. Ich suchte nicht nach Geschenken, denn ich hatte mir nichts gewünscht. Nicht dieses Jahr. Alles, was ich brauchen könnte, hatte ich und das schönste Geschenk ist, dass man gesund leben kann, ohne Probleme. Viele Schätzen das zu wenig oder gar nicht. Wenn man es dann nicht hat, weiß man es zu schätzen und wünscht es sich zurück, doch das Schicksal tut das, was es tun muss.

„Guten Morgen meine Schöne. Hast du gut geschlafen?"

„Alles bestens. Ich habe mein Geschenk für Aiden und bin bereit."

„Super. Dann viel Spaß in der Schule."

„Herzlichen Glückwunsch meine frische Sechzehn."

Ich begegnete Isabella auf dem Schulflur. Sie reichte mir ein Geschenk und ich umarmte sie lachend. „Danke dir."

„Was hast du für deinen hübschen Verehrer?", fragte sie.

„Hey. Das hast du noch nie gesagt. Willst du mich provozieren?“

„Nein, ich frag doch nur.“ Sie schmunzelte.

„Ich war so unkreativ. Ich hatte keine Ahnung.“

„Sag nicht ... Nein, oder?“

Ich lachte verlegen. „Nein, nicht meine Notfall Idee mit dem Paket voller Süßigkeiten. Ich habe ihm einen etwas teureren Duft gekauft, weil er mir damals mein Parfüm bezahlt hatte, weil ich zu wenig Geld mitgenommen hatte.“

„Sonst noch was?“

„Regnet es Geld, Isabella?“, fragte ich und lachte. „Ich hab noch eine Karte dazugelegt, mit einem Text und ein paar Riegel. Er mag die sehr, seit er einen von mir probiert hat.“

„Wie süß. Hoffen wir mal, dass es ihm gefällt.“

„Ja, hoffentlich.“

„Da kommt er auch schon.“

Ich drehte mich um und sah ihn auf mich zukommen. Er öffnete seine Arme und ich schmiegte mich in seine Umarmung.

„Alles Gute zu unserem Geburtstag, meine Seele.“

Er nannte mich seit dem letzten Tag in der Welt so, weil er einem besonderen Spitznamen für mich haben wollte. Einen besonderen, einzigartigen. Er passt sehr gut. Muss man ihm lassen.

Ich reichte ihm sein Geschenk und er mir meins.

„Öffne es aber bitte erst, wenn du zuhause bist“, sagte Aiden. Er meinte es ernst.

„Okay, du dann auch.“

„Perfekt. Jetzt werde ich die ganze Zeit daran denken müssen“, sagte er und betrachtete dabei neugierig das Geschenk. Dabei schmunzelte er so süß und ich kam immer noch nicht darüber hinweg.

Er gab mir einen Kuss auf die Stirn, worauf ich ihm einen auf die Wange gab, und wir gingen gemeinsam mit Isabella, die über alle Ohren strahlte, zu unserem Klassenraum.

In der Pause standen wir gemeinsam mit Isabella an einem Baum auf dem Schulhof.

„Was ist eigentlich mit Henry und Phillip?", fragte ich.

Er seufzte. „Schwierig. Ich weiß nicht. Irgendwie passe ich nicht zu den beiden. Die Art, wie sie sprechen, mit mir umgehen, als sei ich keine Ahnung was und dieses provokante Verhalten. Ich kann das nicht mehr."

„Hast du den Kontakt abgebrochen?"

„Wir hatten sowieso nicht viel Kontakt. Ich glaube, die beiden interessiert es wenig, ob ich dabei bin oder nicht. Also kann es mir auch egal sein."

„Schade eigentlich. Vielleicht freundest du dich mit anderen Jungen an. Im Verein hast du doch schon welche."

„Solange ich dich habe, brauche ich keine anderen Freunde."

Mein Herz fiel mir in die Hose.

„Mich auch nicht?", fragte Isabella.

„Dich natürlich auch. Du bist ein Teil von Amelia."

„Ihre beste Freundin. Also pass bloß auf und nimm sie mir nicht weg. Sonst muss ich Konsequenzen ziehen."

Er schüttelte den Kopf. „Wird nicht passieren."

„Hoffe ich für dich." Sie lachte.

Unser Geburtstag war fast vorbei. Wir feierten gemeinsam mit Aidens Familie. Unsere Eltern hatten sich von Anfang an richtig gut verstanden.

Am Abend saß ich auf meinem Bett und konnte kaum erwarten, das Geschenk auszupacken. Ich zog das Geschenkpapier ab und war verwirrt.

War das ein Versehen?

In dem Karton lag das Notizbuch, mit dem ich ihn im Park gesehen hatte. Das Buch, in das er seine Trainingsziele aufschrieb.

Sollte ich reingucken?

Ich war mir nicht sicher. Bevor ich es öffnete, holte ich die anderen Geschenke hervor.

Ein Film für meine Kamera. Schön.

Ich nahm ein kleines Schächtelchen in die Hand und öffnet es vorsichtig.

Oh, Himmel ist die schön…

Es war eine silberne Kette mit einem A und einem winzigen Herz. Das A war leicht kursiv und verschnörkelt. Genau wie ich es mag.

Ich tat sie direkt um meinen Hals. Sie wurde meine neue Lieblingskette, doch das war noch nicht alles. Zwischen einigen Süßigkeiten lag da noch ein Zettel.

Liebe Amelia,
Ich bitte dich, das Notizbuch zu öffnen und dir jede Seite in Ruhe durchzulesen. Es tut mir leid. Ich habe dich angelogen.

-Aiden

Meine Stimmung änderte sich schlagartig. Ich las ihn nochmal, um sicher zu gehen, dass ich es wirklich richtig gelesen hatte. Verwirrt nahm ich mir das Notizbuch und schlug die erste Seite auf.

Für Amelia

Wenn ich diese Worte in naher Zukunft mit dir teilen kann, bin ich der glücklichste Junge auf der ganzen Welt.
Wenn du das siehst, haben wir uns gefunden.

Liebe Amelia,
ich beginne diesen Brief, nachdem wir die Tür öffneten und das unglaubliche sahen. Wir wissen noch nicht, was uns alles erwarten wird, doch ich bin mir sicher, dass wir alles meistern werden. Gemeinsam.
Doch das ist nicht das, was ich loswerden will. Mir ist in letzter Zeit einiges klar geworden. Menschen lernt man andauernd kennen, sei es in der Schule oder in der Freizeit. Ständig

begegnet man Menschen mit den verschiedensten Charakterzügen und Aussehen. Als ich in die Klasse kam, schaute ich mir jeden einzelnen an, um mir ein Bild über die Personen zu schaffen. Bei dir dachte ich mir zunächst, wie schön kann ein Mädchen sein. Ich weiß, Schönheit kommt von innen. Dein Charakter und die Art wie du mit Menschen umgehst, deine Hilfe anbietest und für jeden da bist. Das traf dann tatsächlich auf dich zu. Nicht nur dein atemberaubendes Lächeln, welches mich mit jedem Tag mit glück füllte, nicht nur deine wunderschönen Augen. Olivgrün ist für mich nicht ohne Grund die schönste Farbe auf Erden. Jedes Mal, wenn ich dir tief in die Augen schaue, verliere ich mich in der Schönheit dieser Farbe. Meine Gefühle spielen verrückt. Deine weichen Haare, die wunderschön duften. Jede Umarmung von uns, war ein Moment, den ich nie vergessen werde. Es waren nicht viele, aber dennoch waren sie wertvoll.

Der Tag nach dem Feuer
Als wir mit Elias seine Eltern gesucht hatten, ging mein Herz auf. Die Art, wie du mit ihm gesprochen hast, ihn aufgemuntert hast. In dem Moment bewunderte ich deine Hilfsbereitschaft.

Hab ich dir schon gesagt, dass ich alles dafür tun würde, dich glücklich zu sehen, deine Ausstrahlung, dein Lächeln? Jetzt weißt du es. Ich sitze im Park und warte darauf, dass wir in die Welt gehen können. Ich -

Ja. Ich musste abbrechen. Du bist gekommen. Ich schreibe das am Abend weiter. Ich hab es so schnell eingesteckt, jetzt weiß ich nicht mehr, was ich noch sagen wollte. Ich hab mich schlecht gefühlt, als ich dich deswegen angelogen hatte. Ich hoffe du verzeihst mir...

Ich möchte dich nicht verlieren. Das Ende steht uns unglaublich nahe und ich könnte mir nicht vorstellen, eine bessere Freundin an meiner Seite zu haben. Du bist das mutigste Mädchen, dass ich je kennenlernen durfte. Wenn du glaubst, alles schlimmer gemacht zu haben, dann würde ich dich gerne vom Gegenteil überzeugen.
Du gabst mir Kraft, für uns zu kämpfen. Kein Feuer, kein Monster, nichts in der Welt kann und beide besiegen.
„All you need is a little bit of fairy dust."
Dieses englische Zitat können wir uns für unser restliches Leben merken.
Wir hatten zwar den Feenstaub, doch davor hatten wir auch viel ohne ihn geschafft, denn wir waren mutig und das ganz ohne Staub.
Ich werde weiterschreiben, wenn wir es geschafft haben.

10. September
Ich bin der Glücklichste Junge der Welt.
Es ist der Abend des ersten Tages. Wir haben uns zum ersten Mal geküsst. Ich hatte mich nie getraut, weil ich nicht wusste, was du in uns siehst. Nur Freundschaft oder so ... doch ich wusste, dass wenn ich es nicht an dem Tag mache, ich niemals den richtigen Moment finden würde. Es hätte vielleicht unsere Freundschaft kaputt gemacht, aber ich wüsste, was du wirklich in mir

siehst.

Wir haben herausgefunden, dass wir Seelenverwandte sind. Ein schöneres Geschenk für die Ewigkeit hätte man uns nicht geben können.

Es war der schönste Moment meines Lebens und ich hoffe, dass wir noch viele weitere schöne Momente erleben werden. Wir sind auf das härteste vorbereitet.

-Kuss.

20. September

Ich bin wie du weißt, für diese Woche Krankgeschrieben. Irgendein Virus ... ekelig, aber ich muss durch.

Ich vermisse dich.

Das wollte ich hier festhalten.

Auch wenn es mir gerade nicht gut geht, hoffe ich, dass du dein Lächeln nicht verlierst.

-Kuss

30. September

Mir geht es wieder besser. Dein Glückliches Gesicht heute wieder zu sehen und die Umarmung, die du mir gegeben hast, war der letzte Schritt zu meiner Besserung.

Danke dass es dich gibt, Amelia.

Ich liebe dich.

Kapitel 28 – Aiden

Sie lief mit voller Freude auf mich zu. Sie öffnete ihre Arme und ich hatte sie in wenigen Sekunden an meiner Brust. Ihre Haare dufteten wundervoll. Das Gefühl der Liebe war unbeschreiblich schön. Die Aufregung und das Kribbeln im Bauch. Sie ist alles, was ich brauchte.

„Dein Geschenk hat mich zum Weinen gebracht, Aiden."

Ich lachte. „Das wollte ich nicht."

„Nein, es war wunderbar. Ich danke dir für alles."

Sie gab mir einen Kuss auf die Wange und wir machten uns direkt auf den Weg zu den Fachräumen.

„Hast du Lust, heute in die Welt zu gehen? Ein kleiner Spaziergang durch die Wälder. Was sagst du?"

Sie nickte. „Können wir machen."

„Gut. Direkt nach der Schule?"

„Ich muss vorher noch etwas machen. Aber danach kann ich in den Park."

„Okay. Dann schreib mir bitte, wann genau du dich auf den Weg machst."

„Mach ich."

In Chemie haben wir zwei Wochen Zeit bekommen, ein Referat vorzubereiten. Nicht gerade mein bestes Fach, aber irgendwie schaffe ich es jedes Mal auf eine zwei.

Die Klasse wuselte durch die Gegend, als es hieß, sich einen Partner auszusuchen.

Bevor ich aufstand, kam Louis an den Tisch von mir und Amelia. Sie war derweil bei Isabella.

„Hey. Hast du schon einen Partner?", fragte er mich und setzte sich auf den freien Stuhl.

„Nein, noch nicht. Sollen wir das Referat zusammen machen?"

„Ja, wenn du nichts dagegen hast."

„Ich doch nicht." Ich klopfte ihm auf die Schulter.

Zuhause machte ich meine Hausaufgaben und aß zu Mittag. Ich hing ein paar Polaroid Bilder von Amelia und mir an meine Wand. Sie waren Teil des Geschenks.

Auf manchen Bildern ist nur sie zusehen. Auf anderen sind wir beide drauf. Wir hatten uns so viele Posen ausgedacht, dass wir einen ganzen Film damit füllen konnten.

Mein Handy leuchtete auf.

Hey. Ich bin in fünf Minuten auf dem Weg. Bis gleich :)

Ich sendete ihr einen Daumen nach oben und ging runter. Meine Eltern waren Arbeiten, also schickte ich ihnen eine Nachricht, dass ich unterwegs sein werde und wahrscheinlich erst am Abend wieder zurück bin. Wer weiß, was wir als nächstes herausfinden werden. Alles kann passieren, wie wir mittlerweile wussten.

Also machte ich mich wie verabredet auf den Weg. Nach fünf Minuten war ich am Eingang des Parkes und konnte Amelia vom weitem sehen.

„Amelia!"

Sie drehte sich um und kam auf mich zu. „Hey."

Wir gingen gemeinsam zu unserem geheimen Treffpunkt und betraten Anima.

Mir wurde auf einmal schlecht, als wir Anima betraten. Meine Organe spielten verrückt.

„Amelia, mir ist gerade voll schlecht." Ich fasst mir an den Bauch.

„Oh nein, dann sollten wir hier nicht sein. Du musst nach Hause."

Wir sagten den Spruch und eine Sekunde später waren wir wieder im Park.

Ich rannte schnell hinter ein Gebüsch und übergab mich. Es ist Jahre her, seit dem letzten Mal. Schwer atmend kam ich wieder hervor.

„Geht es?"

Ich schluckte. „Ja. Ich hab nur etwas Kopfschmerzen."

Sie hielt meine Hand. „Hast du gestern etwas komisches gegessen?"

„Ich habe keine Ahnung", sagte ich. Ich fühlte mich wie betrunken, obwohl ich noch nie getrunken hatte. So muss es sich sicherlich anfühlen, wenn man übertrieben hat. Meine Augen tränten und ich sah nur noch verschwommen. Ich konnte mein Gleichgewicht nicht mehr halten und hatte das Gefühl, mich jeden Moment wieder zu übergeben.

„Aiden?"

Ich atmete einmal tief ein und blinzelte gegen den Schwindel, um mich auf sie zu konzentrieren. „Ja? Komm wir gehen." Ich humpelte zum Ausgang und sie hakte sich bei mir unter.

„Ich mache mir Sorgen. Soll ich dich bis nach Hause begleiten?"

„Nein. Das is ein Umweg. Geht schon. Ist nicht weit."

Sie schaute verunsichert in meine Augen, was ich mit genug Konzentration erkennen konnte. Meine plötzliche Abwesenheit ließ sie lauter werden. „Aiden! Antworte doch."

„Ja ... Komm." Ich beugte mich nach vorne, doch sie wich zurück.

„Nein. Kein Kuss. Ich weiß nicht was für eine Krankheit du auf einmal hast."

„Mir geht es gut, Amelia."

Wir verließen den Park und sie begleitete mich so lange, bis sich unsere Wege trennten.

„Ich weiß nicht. Ich-"

„Nein. Du kannst gehen."

„Okay ... Bis morgen. Pass bitte-"

Ich drehte mich um und ging weiter. Was sie sagte, blendete mein Kopf völlig aus.

Die erste Ampel war rot. Ich hielt mich schlapp an ihr fest und wartete. Dann lief ich schnell über die Straße. Geschafft.

Ich ging an einer Mauer entlang, um mich im Gleichgewicht zu halten. Bei der nächsten Ampel dauerte es etwas länger, bis sie grün wurde. Ich fühlte mich immer schlapper und bereute es, mich allein auf das alles eingelassen zu haben. Ich wollte nur in meinem Bett liegen und mich ausruhen. Stattdessen wankte ich durch die Stadt mit unklarem Blick. Ich wollte einfach nur in mein Bett.

Ich drückte den Knopf an der Ampel und sah grünes Licht. Ich wollte so schnell wie möglich weiter und lief über die Straße.

Da knallte es.

Und ich hörte auf zu denken.

Kapitel 29 – Amelia

Der nächste Tag brach an. Ich wachte mit dem Sonnenaufgang auf und schaute aus dem Fenster. Ich dachte den ganzen Abend an Aiden, sendete ihm hunderte Nachrichten, doch er antwortete mir einfach nicht, was mir große Sorgen bereitete.

Ich entsperrte mein Handy und klickte direkt auf unseren Chat.

Zuletzt online gestern um 15: 46 Uhr

Er hatte die Nachrichten nicht gesehen.

Mein Herz machte einen Sprung. Normalerweise schaute er abends schnell auf sein Handy und legte es dann später weg, aber diesmal irgendwie nicht. Ich hoffte, dass es einfach nur daran lag, dass es ihm nicht gut ging und er deswegen nicht online war.

Ich machte mich fertig und ging zur Schule.

„Morgen. Gut geschlafen?" Isabella fing mich im Schulflur auf.

„Ja. Hast du Aiden gesehen?"

Sie runzelte fragen die Stirn. „Äh, nein. Wieso?"

Ich erzählte eine etwas abgewandelte Geschichte des gestrigen Tages, wobei ich die Welt natürlich ausließ.

„Ich mache mir voll die Sorgen, Isabella. Er geht nicht an sein Handy. Seine Eltern melden sich auch nicht. Ich habe alles probiert."

„Oh nein. Warum hast du ihn denn nicht begleitet?"

Wir gingen in den Klassenraum und setzten uns.

„Er wollte einfach nicht. Er hat mich praktisch gezwungen, ihn nicht zu begleiten."

Eine Weile blieb Isabella stumm.

„Ich werde heute Nachmittag mal bei ihm zuhause nachsehen, weil ich sonst einfach nicht schlafen kann." Ich sah sie an und könnte glatt anfangen zu weinen. Darüber zu reden, brachte mir immer mehr Schuldgefühle, doch Isabella war eine der Personen, mit der ich über sehr vieles sprechen konnte.

Isabella sprach weiter. „Amelia, du bist eine sehr gute Freundin für ihn, auch wenn du das jetzt vielleicht nicht so siehst." Sie legte eine Hand auf meine Schulter. „Wenn du bei irgendetwas Hilfe benötigst, sag es mit bitte und ich tue alles, was ich kann."

Ich atmete verzweifelt aus der Nase aus und blickte auf den Tisch. „Danke. Wenn ich heute irgendwelche Neuigkeiten bekomme, werde ich sie dir mitteilen."

Isabella nickte. „Wenn du willst, kannst du nachher zu mir kommen. Wir können uns ein wenig ablenken."

Ich nickte. „Mal sehen. Ich hoffe es ist nichts schlimmes vorgefallen."

Louis kam in der Pause auf mich zu.

„Kannst du mir vielleicht helfen?"

„Wobei?", fragte ich ihn.

Er fuhr sich durch die Harre und schaute dabei zu Boden. „Nun ja ... Es geht um Isabella."

„Isabella ist nur kurz auf Klo. Du musst dich etwas beeilen."

„Ja. Das Ding ist ich glaube," er zögerte „ich habe mich etwas ... in sie verguckt."

Ich schmunzelte. „Wie süß."

Er fasste sich an seinen Nacken. „Kannst du vielleicht schauen, ob sie ... du weißt schon."

Ich nickte lächelnd. „Ich schaue, was ich machen kann."

„Vielen Dank."

Er ging weg und im selben Moment kam Isabella durch die Tür nach draußen. „Was habt ihr gemacht?"

Erzähl bloß keine Lüge...

„Er hat mich etwas gefragt. War nicht so wichtig."

Halbe Wahrheit.

Ich durfte sie nicht direkt fragen. Ich musste mich rantasten.

„Sag mal, ich habe ja jetzt einen Freund. Wie schaut es bei dir aus?"

Sie sah mich an, als wüsste ich die klare Antwort, denn schließlich bin ich ihre beste Freundin.

„Jemanden im Auge?"

„Wo kommt die Frage denn auf einmal her? Ich bin Single like a Pringle."

Ich lächelte unschuldig und nahm meine Flasche. Ich bin echt schlecht in sowas, doch ich tat mein Bestes. Ich hatte Sophia gefunden, also konnte ich ihrem Bruder auch bei meiner besten Freundin helfen. Ich ließ Isabella etwas nachdenken, während ich Schluck für Schluck mein Wasser trank. Sie schaute mich wieder so an, als wäre ich gerade mit Badeanzug in ein kaltes Becken gesprungen.

Ich steckte meine Flasche zurück, hob die Brauen und schaute sie erwartend an.

„Okay, okay. Ja." Sie schmunzelte und wandte den Blick von mir ab.

Ich strahlte. „Und?"

„Bitte erschreck dich nicht." Sie sah wieder zu mir.

„Ich weiß doch, dass es nicht Aiden ist. Du stehst auf andere."

„Ja, auf das genaue Gegenteil von Aiden."

„Nicht ganz."

Sie rollte mit den Augen. „Ja. Aiden ist zuvorkommend, loyal, hilfsbereit, gutaussehend, einfach ein absoluter Gentleman und das mit sechzehn."

„Dein Typ ist eher blond, ich weiß. Also?"

„Ja ... Es kann sein, dass ich mich etwas in Louis verguckt habe."

Bingo.

Sie wirkte, als würde sie jeden Moment eine Schelle von mir erwarten. „Wie süß. Ich-"

„Ich weiß du magst ihn nicht."

„Nein, nein. Ich habe ihm verziehen, das habe ich dir doch erzählt."

Sie blieb kurz stumm und sah nachdenken durch die Gegend. „Ich wünschte es wäre so süß, wie bei euch. *Friends to Lovers.* Wir haben aber noch nie ein einziges Wort miteinander ausgetauscht."

Ich nickte und biss mir auf die Unterlippe und dachte nach. „Das kriegen wir hin. Überlass das mir."

„Wie zur Hölle willst du das machen?"

Ich schmunzelte und zwinkerte ihr zu.

„Themawechsel?"

Ich nickte.

Nach der Schule wählte ich Aidens Nummer. Meine Hände zitterten. Bevor ich auf „Anrufen" klickte, schaute ich rasch nach seinem Chat.
Zuletzt online gestern um 15:46 Uhr

Immer noch. Was war nur los, fragte ich mich.

Ich klickte auf „Anrufen" und dieses Freizeichen machte mich verrückt. Bis zur Mailbox blieb ich dran und senkte meinen Kopf. Nichts.
Was würde ich nur tun, um seine Stimme hören zu können?

Nach dem versuchten Anruf machte ich mich direkt auf den Weg zu seinem Haus. Ich steuerte ängstlich auf die Neubau Siedlung zu. Ich war mir unsicher, ob ich wirklich klingeln wollte. Doch als ich vor der Tür stand, tat ich es.

Ich drückte auf die Klingel und bekam das Gefühl, dass meine Knie sich in Luft auflösten.

Eine Minute verging. Niemand öffnete die Tür.
Wo sind sie?

Ich stellte alles von gestern in Frage.

Hatte ich das falsche getan?

Hätte ich ihn nicht allein gehen lassen sollen?

Hätte ich ihn am Telefon halten sollen, bis er sein Haus erreichte?

Ist er auf dem Weg umgekommen?

Hilfe!

Mein Herz pochte immer schneller und ich hatte das Gefühl, schlecht atmen zu können.

Ich schickte ihm unzählige Nachrichten, doch keine von ihnen wurde zugestellt.

Ich hatte die Nummer seiner Eltern nicht, was mir noch weniger die Möglichkeit gab, ihn erreichen zu können.

Ich rannte los. Tränen flossen über mein Gesicht, doch es war mir egal.

Ich musste zu Isabella.

Ich nahm die kürzeste Abkürzung, die ich nur nehmen konnte und stand völlig erschöpft vor ihrer Tür. Sie muss mich aus ihrem Fenster raus gesehen haben. Bevor ich überhaupt klingeln konnte, machte sie völlig geschockt die Tür auf. „Alles gut?"

„Nein. Nichts ist gut. Keiner ist zuhause."

„Meinst du Aiden? Oh nein."

Ich ging rein und sie schloss die Tür hinter mir zu. „Wir gehen am besten hoch."

Ich schmiss mich auf ihr Bett und weinte weiter. „Isabella, ich weiß einfach nicht, was ich machen soll."

Sie blieb stumm und setzte sich zu mir. Sie legte ihren Kopf auf meine Schulter. Ich vergrub mein Gesicht in den Händen und würde am liebsten die Vergangenheit ändern, doch es ging nicht. „Ich weiß einfach nicht was los ist. Er könnte überall sein."

„Hast du es bei seinen Eltern versucht?"

„Ich habe nur seine Handynummer, aber ausgerechnet jetzt muss sein Handy aus sein. Ich habe alles versucht. Nichts. Es ist ja nicht mal einer zuhause."

Isabella verließ kurz ihr Zimmer und brachte mir ein Glas Wasser. „Hier. Trink etwas."

Zitternd nahm ich das Glas. Das schlucken fiel mir durch das weinen ziemlich schwer, doch ich trank es komplett aus. „Danke."

„Kann ich irgendwas für dich tun?"

„Darf ich heute bei dir übernachten?"

„Klar. Du hast deinen Schlafanzug sowieso bei mir vergessen."

„Ich rufe schnell meine Eltern an."

„Warte erstmal, bis du dich beruhigt hast. Morgen ist sowieso Samstag. Sie werden sicherlich nicht nein sagen." Sie ging wieder runter und kam dieses Mal mit Süßigkeiten wieder. „Ich weiß was dir vielleicht etwas hilft."

Ich schmunzelte leicht. „Danke."

„Gerne. Ich bin froh, etwas für dich tun zu können. Auch wenn es nur dich mit Süßigkeiten zu versorgen ist."

Ich begann wieder zu weinen, als es zwischen uns beiden still wurde. Sie nahm sich ihren Laptop und öffnete Netflix. „Wir müssen uns ablenken."

Eingekuschelt in zwei Decken und mit Popcorn schauten wir eine Serie, bis es dunkel wurde.

„Müde?"

Ich nickte.

„Okay." Sie schaltete das Licht aus und wir legten uns schlafen. Ich war so müde, dass ich direkt, ohne zu zögern einschlief.

„Amelia! Aufwachen. Dein Handy klingelt."

Ich sprang auf und nahm mein Handy. Dieses plötzliche aufspringen bereitete mir heftige Kopfschmerzen, sodass mir schwarz vor Augen wurde. Ich realisierte, dass ich bei Isabella war und meine Eltern nichts davon wussten.

Es war fünf Uhr in der Früh.

Mist.

Zwanzig verpasste Anrufe von Mama UND Papa.

Ich rief sie direkt an. Meine Augen fielen dabei jedes Mal zu.

„Amelia! Wir haben uns Sorgen gemacht. Wo bist du?"

„Ich bin bei Isabella. Mist. Ich habe vergessen zu sagen, dass ich bei ihr schlafen wollte. Tut mir unglaublich leid", murmelte ich in mein Handy.

„Das nächste Mal rufst du uns bitte direkt an."

„Ja, werde ich. Ich war unglaublich müde."

„Okay. Komm aber bitte pünktlich zum Mittagessen."

„Mach ich. Bis später." Ich legte mein Handy weg und wir schliefen direkt weiter.

Ich war wieder zuhause und saß mit meinen Eltern am Esstisch, als mein Handy klingelte. Es war Aidens Nummer.

„Hallo Aiden. Ist alles in Ordnung?"

„Amelia, ich bin es. Aidens Mutter."

„Diana?" Ich begann zu weinen.

„Ja, Süße. Es ist etwas Schreckliches passiert."

„Bitte nicht", flüsterte ich.

„Er wurde angefahren. Aiden liegt im Krankenhaus."

Kapitel 30 – Amelia

„Er hat eine sehr starke Gehirnerschütterung."

Ich erstarrte. Es tat mir im Herzen weh.

„Kann ich irgendetwas tun?"

„Leider nur hoffen, dass alles gut wird. Dass er wieder in die Schule gehen kann."

Ich nickte, obwohl sie mich nicht sehen konnte.

„Pass gut auf dich auf, Liebes. Wir geben dir Bescheid, wenn es etwas Neues zu hören gibt."

Sie klang verzweifelt. Ich konnte mir nicht vorstellen, wie schwer es sein muss, zu wissen, dass das eigene Kind im Krankenhaus liegt. Kaum geschah etwas Schönes, da folgte schon etwas Tragisches.

Ich verabschiedete mich und sah meine Eltern verheult an. Sie sagten nichts. Sie standen beide völlig unter Schock. Ich hatte mein Handy auf laut gestellt, damit sie alles mithören konnten. Eine Weile war es im Hause der Whites mucksmäuschenstill. Stiller als still. Keine Geräusche, keine Bewegung. Wir schwiegen in die leere des Raumes.

Was mache ich jetzt bloß? Ich bin verloren.

„Amelia?" Meine Mutter unterbrach die Stille. Ich schaute zu ihr auf.

„Ja?"

„Können wir irgendetwas für dich tun?"

Ich schüttelte den Kopf und verfiel wieder in Schweigen.

„Geh du am besten hoch auf dein Zimmer und ruh dich aus. Ich bringe dir eine Wärmflasche."

Ich schniefte und stand auf. Kommentarlos schleppte ich mich hoch auf mein Zimmer, schloss die Tür und legte mich ins Bett. Ich fühlte mich wie jemand, der sein Leben verloren hatte. Sowohl die Vergangenheit als auch die Zukunft. Ich war gefangen in der Gegenwart. Meine Gedanken stoppten. Meine Gefühle waren kalt, ich spürte nichts mehr. Kein Schmerz dieser und der anderen Welt konnte mir wehtun. Ich fühlte mich schlecht, für alles, was ich an dem Tag getan hatte. Ich wusste nicht, was ich tun sollte. Ich sagte es oft, doch diesmal war ich mir zu einhundert Prozent sicher, dass ich nicht wusste, was ich tun sollte. Das war das Einzige, was ich wusste. Und ich wusste, dass es die harte Realität war, in der ich hing.

Es war wie im Film. Kurz vor dem schönen Ende passiert etwas Grauenvolles, was alle Menschen vor dem Fernseher zum Heulen bringt. Dann hört der Film auf und es gibt kein Happy ever after. Doch niemand sah mir zu, wie mir das alles passierte. Ich war allein mit mir selbst. Mein Freund konnte mich nicht stützen, weil er auch betroffen war. Härter als ich.

Warum? Ich fand einfach keine Antwort auf die Frage.

Dann kam mir etwas in den Sinn, als ich auf meinen Kalender schaute. *Montag beginnen die Ferien!*

In der Schule wurde mir das nicht richtig bewusst. Keiner hatte mich darauf angesprochen, doch ich freute mich ganz und gar nicht. Mein Freund und ich konnten unsere ersten gemeinsamen Ferien nicht nutzen und zusammen Zeit verbringen. Ein Krankenhaus lag zwischen uns, für eine gewisse Zeit.

Kann ich auf ein gutes Ende hoffen?

Ich.

Wusste.

Es.

Nicht.

Und es nervte mich. Diese Ungewissheit machte mich verrückt.

Ich musste mich ablenken, also rief ich Louis an. Vielleicht konnte ich ihm etwas Gutes tun. Ihm eine Beziehung mit meiner besten Freundin geben, so dumm es auch klingen mag.

Er nahm den Anruf direkt an.

„Hey Amelia. Ist alles in Ordnung?"

„Ja, soweit ist alles gut."

Lüge.

„Ich habe Neuigkeiten für dich. Du hast gute Karten mit Isabella", sagte ich.

„Das bedeutet?"

„Trau dich ruhig, sie anzusprechen. Und wenn das funktioniert hat, dann lade sie zum Eisessen ein. Sie liebt Eis. Vor allem fruchtiges."

Er lachte. „Ist ja einfach." Seine Stimme klang nahezu so, als würde er das nicht ernst nehmen.

„Hey! Denk bloß nicht, dass sie leicht zu haben ist. Du musst ihr Herz erobern, sonst bist du ein Nichts."

„Denke ich nicht."

„Es darf nicht zu schnell gehen. Taste dich langsam ran. Du weißt schon. Nicht direkt küssen."

„Ja, ja. Keine Sorge."

„Und nimm sie mir bloß nicht weg. Ich möchte danach noch mit ihr befreundet sein."

„Jaaaa, keine Angst."

„Gut, viel Glück."

Ich beendete den Anruf und legte mich wieder hin.

Am ersten Ferien Tag war ich bei Isabella. Wir spielten mit ihren Katzen auf dem Wohnzimmerboden.

„Die beiden sind schon so groß geworden", sagte ich und warf eine kleine Kugel. Luna rannte direkt los.

„Ja, sie wachsen einfach zu schnell."

Als ich zu Luna ging sagte Isabella meinen Namen und ich drehte mich um.

„Ich muss dir etwas erzählen."

Ich konnte mir schon denken, was es war.

„Louis hat mich angeschrieben." Sie lächelte.

Ich lächelte zurück. „Schön. Was habt ihr so geschrieben?"

Ich war froh für sie, auch wenn ich gerade nicht glücklich sein konnte.

„Es war ganz normaler Smalltalk. Dann hat er mich gefragt, ob ich morgen mit ihm in die Stadt möchte." Sie grinste. „Er hat mich zum Eis essen eingeladen. Ich liebe Eis."

„Ich weiß."

„Was ein Zufall. Mich schreibt sonst niemand an, außer du und Larissa oder Anna."

„Tja, Zufälle passieren." Innerlich musste ich kichern.

Sie zögerte. „Tut mir leid, falls ich dich damit verletze. Ich kann es auch für mich behalten."

„Nein, mach dir darüber keinen Kopf. Ich freu mich für dich. Dass es für dich gerade so gut läuft, soll dich an nichts hindern. Es soll nicht an mir liegen, dass es nicht mit euch funktioniert."

„Hat dir schon mal jemand gesagt, dass du einen wundervollen Charakter hast, Amelia?"

Meine Augen füllten sich mit Tränen, als ich an Aiden denken musste.

„Oh, tut mir leid. Ich bin so dumm. Ich sag lieber nichts mehr." Sie hielt die Hände vor das Gesicht.

„Ich weiß einfach nicht mehr, was ich machen soll. Ich weiß nicht, was danach mit ihm sein wird. Was, wenn es so schlimm ist, dass er eingeschränkt sein wird."

Es war gut, mit Isabella darüber zu reden. Ich musste nicht alles in mich hineinfressen.

„Es wird eine schwere Zeit sein. Aber man muss es positiv sehen. Er ist bei Bewusstsein."

„Ja, zum Glück. Was hätte ich sonst gemacht?"

„Daran sollten wir lieber nicht denken." Sie legte einen Arm um meine Schultern.

„Du hast recht."

„Du bist stark, Amelia. Aiden möchte ganz bestimmt, dass du an ihn glaubst. An euch. Eure gemeinsame Zukunft. Ihr werdet das gemeinsam meistern."

Wie auch die Reise...

„Es wird ihn ganz sicher erfreuen, dein Lächeln zu sehen. Dein Glückliches Gesicht. Wenn er jetzt an meiner Stelle stehen würde, würde er sicherlich alles tun, um dich glücklich zu machen. Deswegen musst du versuchen zu lächeln. Für ihn."

Ich stand auf und umarmte sie. „Danke, dass du immer für mich da bist."

„In guten wie in schlechten Zeiten, Amelia. Das ist unser Lebensmotto."

Wir lachten.

„Wie wäre es, wenn du ihm einen Brief schreibst?", schlug sie vor. „Wie er für dich. Wenn er wach ist, wird er sich über alle Ohren freuen, ganz sicher."

„Gute Idee."

Isabella holte Stifte und Papier und ich begann direkt zu schreiben. Ich schrieb alle meine Gedanken auf. Meine Hoffnungen. Alles, was ich ihm in diesem Moment sagen möchte.

„Fertig."

Ich gab ihr den Zettel.

„Perfekt. Den kannst du jetzt schön gestalten, in einen Briefumschlag tun und sicher aufbewahren, bis du ihm diesen geben kannst."

Kapitel 31 - Aiden

Heute war der Tag, an dem ich sie nach einer Woche wiedersehen konnte. Mein Unfall hatte glücklicherweise keine schlimmen Folgen für mein Gehirn. Die Untersuchungen waren bald vorbei und ich konnte nach Hause. Zwar hatte das die Ferien ruiniert, weil Amelia und ich so viel vorhatten, doch wie hatten alle Zeit der Welt, wir brauchten uns nicht zu hetzen. Die Ärzte sagten, ich sollte mich ausruhen und lieber nichts Anstrengendes tun. Vor allem, weil ich noch an Armen und Beinen verletzt war. Das hinderte mich aber zum Glück nicht daran, Amelia trotzdem zu sehen. Ich freute mich über alles, sie heute in meine Arme schließen zu können.

„Wann genau kommt sie?", fragte ich meine Eltern, die bei mir im Zimmer saßen.

„Sie müsste in zwanzig Minuten hier sein", sagte meine Mutter.

Aufgeregt machte ich meine Decke zurecht und richtete mich im Bett auf.

Die Nächte im Krankenhaus waren nicht angenehm durch die Schmerzen. Ich bin stark auf den Asphalt gefallen und durch das Auto hatte ich zusätzliche Prellungen. Ganz schmerzfrei werde ich nicht entlassen, aber Brüche hatte ich zum Glück keine.

„Warum konnte sie nicht früher kommen?"

„Weil du ein paar Tage Ruhe brauchtest. Dein Gehirn muss sich ausruhen, Aiden. Das geht alles nicht so schnell. Ich weiß, du hast einen starken Kampfgeist, aber du musst geduldig sein", sagte mein Vater. „Gleich wird sie da sein."

Ich verschränkte die Arme vor der Brust und starrte die Tür an, in der Hoffnung, dass Amelia sie so schnell es geht, öffnen würde. Ihren Duft riechen und ihr Lächeln sehen. Ihre Stimme hören. Ihre Wärme spüren. Das brauchte ich gerade, um mich komplett zu fühlen.

Sie muss sicherlich Schuldgefühle haben, doch ich bin der der falsch gehandelt hatte. Ich hatte den Fehler begangen, allein mit Schwindel und Übelkeit nach Hause zu gehen.

Amelia

Heute konnte ich Aiden endlich wiedersehen. Seine Ruhetage waren vorbei und er durfte mehr Besuch empfangen als nur seine Eltern.

Ich begab mich auf den Weg zum Krankenhaus. Ich musste zum Glück nur knapp 10 Minuten mit dem Fahrrad fahren.

„Wen möchtest du besuchen?", fragte mich die Frau an der Rezeption.

„Aiden Wood."

„Dann einmal in die zweite Etage. Zimmer 217."

Ich nahm die Treppen und merkte schon in meinen Beinen meine starke Aufregung. Ich war eigentlich viel zu früh. Ich sollte erst in zehn Minuten kommen, doch ich konnte nicht länger warten.

Mit dem Brief in der Hand ging ich den Gang entlang und stand nach wenigen Schritten vor Zimmer 217. Ich atmete einmal tief ein und aus und drückte dann die Klinke runter.

Er lag auf dem Bett und seine Eltern saßen neben ihm auf zwei Stühlen.

„Amelia!", sagte Aiden und strahlte.

Ich schloss die Tür und wollte ihn direkt Umarmen, doch fragte zur Sicherheit lieber noch mal seine Eltern. „Darf ich?"

„Natürlich"; sagte seine Mutter.

Er schob seine Decke weg und ich fiel ihm direkt in die Arme. Er rückte ein wenig zur Seite und machte zwischen uns Platz. „Leg dich ruhig hin, hier ist Platz für uns beide. Nicht, dass du noch Rücken oder Nackenschmerzen bekommst."

Plötzlich kam ein Arzt herein und ich schaute auf. „Guten Tag, kann ich kurz mit ihnen reden? Sie müssen nur für einen Moment mitkommen."

Seine Eltern standen auf und verließen mit dem Arzt das Zimmer.

Ich sah wieder zu Aiden und er schmunzelte. Ich konnte mir ein Lächeln nicht verkneifen und legte mich zu ihm.

Es tat so unglaublich gut seine Stimme zu hören und seine Wärme zu spüren. Meinen Kopf legte ich auf seine Brust. Ich konnte sein Herz pochen hören und es nahm mir die Aufregung. Er tat seine Hand auf meinen Kopf und strich mir sanft über das Haar. „Ich habe dich unglaublich doll vermisst", flüsterte er und gab mir einen Kuss auf den Kopf.

„Ich dich auch."

Wir blieben eine Weile stumm nebeneinander, Arm in Arm.

„Ich habe hier etwas für dich." Ich gab ihm den Brief und er legte ihn auf den Tisch neben ihm.

„Den lese ich mir später in Ruhe durch. Versprochen." Aiden lehnte sich zurück an das Bett und ich schaute strahlend zu ihm auf. Er guckte mich kurz an und sah dann schmunzelnd weg. „Schau mich nicht so an, Amelia. Du weißt ganz genau, wie schwach ich dafür werde."

Ich kicherte kurz und lehnte mich zurück an seine Brust. „Ich weiß."

Ich hörte Schritte auf das Zimmer zukommen, rappelte mich auf und blieb neben ihm auf dem Bett sitzen. Er nahm meine Hand und verschränkte unsere Finger.

„So, Aiden." Der Arzt kam mit Aidens Eltern zurück. „Es sieht alles gut aus. Wir müssen heute nur noch eine Untersuchung machen. Morgen darfst du das Krankenhaus verlassen."

Wir sahen uns an und Aiden nickte. „Vielen Dank."

Der Arzt verließ das Zimmer und seine Eltern setzten sich wieder an das Bett.

„Wir haben uns die Werte am Computer angeschaut. Alles sieht gut aus. Du hast aber trotzdem eine Pause. Du darfst zwei bis drei Wochen keinen Sport machen", sagte sein Vater und lächelte mich danach an.

„Wenn du ihn erwischst, sagst du uns Bescheid, Amelia."

„Werde ich." Ich sah Aiden mit hochgezogenen Augenbrauen an und lachte. „Wenn es sein muss, kette ich ihn an sein Bett."

Seine Eltern lachten.

Die beiden standen auf und nahmen die Taschen. „Ich hoffe bald sehen wir dich in unserem Wohnzimmer wieder und nicht hier, Amelia", sagte Diana und schob den Stuhl an den Tisch, der an der gegenüberliegenden Wand stand.

„Ich sollte auch gehen, wenn gleich deine letzte Untersuchung ist." Ich stand auf und gab Aiden noch einen Abschiedskuss. „Vergiss den Brief nicht."

Aiden

Ohne zu zögern, nahm ich den Brief vom Tisch.

Für Aiden

Dieser Unfall hat mir einen großen Schock bereitet. Wir hätten nicht in die Welt gehen sollen, aber die Vergangenheit kann man ja leider nicht ändern. Was auch immer das für uns bedeutet, wir werden stärker rauskommen, wie auch nach der Reise. Wir haben unser wahres Geheimnis gefunden und sind Seelenverwandte. (Ich bin immer noch überrascht von allem :) Wie das alles möglich sein kann, hihi ...) Du hast einen großen Kampfgeist und gibst niemals auf, das weiß ich. Wir müssen uns ein wenig gedulden. Ich bin mir sicher, dass du schon ganz bald wieder frei sein und mit dem Sport weiter

durchziehen kannst. Deine Mutter wird mir regelmäßig mitteilen, was gerade ist und wie es dir geht. Ich weiß noch nicht ganz, wann ich dir diesen Brief geben kann, ich hoffe aber, dass es in wenigen Tagen der Fall sein wird! Ich werde den nächstmöglichen Tag nehmen, um dich zu besuchen. Ich kann es kaum abwarten, dich zu sehen.
Ruh dich bitte gut aus und vergiss bloß nicht an mich zu denken :D
Isabella grüßt dich herzlich.
Ich habe dich lieb, Aiden
Kuss <3

-Amelia

Teil 3

Alle guten Dinge sind drei ...

·

Acht Jahre nach dem Unfall

Epilog

Amelia

Ich öffnete die Tür pünktlich um 8.30 Uhr und schaltete das Licht an. Ich warf meinen Schlüssel in meine Tasche und huschte in das Büro, um meine Sachen abzulegen.

Meine Kollegin Kathie kam in die Buchhandlung herein und begrüßte mich.

Wir lernten uns an der Uni kennen und ich berichtete ihr von meinem Vorhaben und sie unterstützte mich von Anfang an. Ich konnte immer noch nicht realisieren, wie schnell die Zeit verging. Diese Buchhandlung hatte ich vor einem Jahr nach meinem dreieinhalb Jahre langen Studium im Bereich Buch- und Medienwissenschaft eröffnet und bin mehr als zufrieden. Nach dem erfolgreichen Abitur von meinen Freunden und mir haben Aiden und ich uns entschlossen, ein Studium zu beginnen und Isabella und Louis haben ihr eigenes Café eröffnet.

Wir wohnten mittlerweile alle in der nächsten großen Nachbarstadt. Isabella und Louis und Aiden und ich haben jeweils eine Wohnung zu zweit im selben Apartment. Uns trennte nur ein Stockwerk.

Aiden machte sich heute Morgen auf den Weg in die Uni und ich in meine Buchhandlung.

Die Ware steuerte ich mit dem Bücherwagen an die entsprechenden Regale und legte die Neuheiten auf den Tisch.

„Ich muss heute einige Bücher aussortieren, um sie zu verschicken. Könntest du schon mal die Postkartenständer nach draußen schieben, Kathie?"

„Klar. Ich gehe nur schnell ins Büro. Wir öffnen ja erst in zehn Minuten."

Einen Moment später kam sie mit einigen Büchern wieder und legte sie zu mir an die Kasse.

„Wo kommen die denn her?", fragte ich und sortierte am Computer weiter.

„Die hatte ich gestern aus den Regalen sortiert. Sind schon etwas älter und lassen sich nicht verkaufen. Die können wir auch aussortieren oder einen kleinen Tisch mit Rabatten rausstellen. Was sagst du?"

„Klingt gut. Ich schau mal, ob wir noch einen haben."

Ich huschte ins Büro.

„Ich stelle dann die Ständer raus, ja!", rief sie mir hinterher.

„Ja!", rief ich aus dem Büro zurück.

Es war sehr praktisch, die Buchhandlung war klein und nahm nicht zu viel Platz ein. Wir mussten nicht weit gehen und erreichten alles in wenigen Metern.

Als ich mit einem Tisch rauskam trat die erste Kundschaft ein.

„Guten Tag", begrüßte mich eine etwas ältere Dame, die, so wie es aussah, mit ihrem Enkelsohn in die Buchhandlung kam.

„Guten Tag. Kann ich etwas für sie tun oder wollen sie erstmal schauen?", fragte ich sie.

„Mein Enkelsohn ist jetzt in der dritten Klasse und wir wollten nach geeigneten Büchern sehen. Haben sie welche da?"

Kathie kam wieder herein. „Soll ich den Tisch auch schon rausstellen?"

Ich nickte dankend und wandte mich wieder der Kundin zu. „Ja, hier vorne im Regal haben wir einmal den Bereich ab der dritten Klasse. Sie können ja in Ruhe stöbern und bei Fragen können sie zu mir an die Kasse kommen. Meine Kollegin steht ihn aber auch gerne zur Hilfe."

Ich lächelte in Kathies Richtung.

„Vielen Dank." Die Dame ging mit ihrem Enkelsohn an das Regal und ich ging zurück an das Aussortieren.

„So, schau mal." Ich winkte Kathie an die Kasse. „Ich habe jetzt diese ganzen Bücher aussortiert. Für die Rabatte haben wir denke ich später nach der Mittagspause Zeit, oder?"

Kathie nickte. „Wenn es mit der Kundschaft heute ruhig wird, haben wir genug Zeit. Wir müssen auch noch nach den Bestellungen von gestern schauen."

„Ja, die stehen schon bereit. Die meisten Kunden kommen immer erst nach der Pause zur Abholung. Kein Stress."

In der Mittagspause erreichte mich ein Anruf von Aiden. „Hey. Wie läuft dein Tag bisher?"

Ich setzte mich an den Bürotisch. „Ganz gut. Ich bin jetzt in der Mittagspause. Wir hatten ganz schön viel Kundschaft heute. Aber das Wetter ist auch klasse. Was machst du? Hast du die Vorlesung bei dem nervigen Prof Schröder überstanden?"

Ich weiß, dass er mit dem Studium viel zu tun hatte, aber er nahm sich trotzdem immer die Zeit, von mir zu hören.

„Du hast mir die Worte gestohlen. Ja, die lief überraschenderweise gut. Ich wollte fragen, ob wir nach Feierabend ins Café zu Isabella und Louis gehen sollen. Du hast doch sicherlich Lust auf ein Eis oder etwas zu trinken."

„Gerne. Wir sollten die Woche mit einem schönen Abend beenden. Aber freitags ist immer viel los, oder nicht? Das Café ist immer gut besucht. Du weißt ich mag es nicht, wenn zu viele Menschen um mich herum sind."

„Ich kann Louis einen Tisch reservieren lassen, in der Hoffnung, dass noch viele frei sind. Wenn nicht, dann müssen wir nicht gehen."
„Nach Ladenschluss bin ich zuhause. Ich freue mich auf dich."

Als ich nach der Arbeit wieder zuhause war, sah ich Aiden an seinem Laptop sitzen. Als er mich bemerkte, schaltete er ihn aus. „Hey."
„Hey. Ich ruh mich etwas aus und dann können wir gehen. Hast du Louis angerufen?"
Er fasste sich an die Stirn und sah mich an. „Total vergessen. Ich war auf meine Sachen fokussiert. Tut mir leid."
„Ach, alles gut. Dann frage ich Isabella."

Hey Isa. Wir kommen gleich vorbei. Ist heute viel los?

Hallöchen. Nein, keine Sorge es sind noch einige Tische frei. Freu mich schon. :)

Ich mich auch. Bis später.

Er kam zu mir auf die Couch und legte seinen Arm um meine Schulter.
„Ich hab dich vermisst."
„Wie kommt´s?" Ich lachte. „Wir waren nur neun Stunden getrennt."
„Darf ich dich nicht mehr vermissen, meine Seele?"
Seele. Der Name wird niemals alt.
„Natürlich darfst du das. Du musst dich aber auch auf dein Studium konzentrieren."
Er sah mich mit seinem besten Lächeln an und ich konnte nichts anderes tun, als ihm einen Kuss zu geben. „Wolltest du das erreichen?", fragte ich lachend.
„Vielleicht." Sein Blick wanderte zu der Uhr an der Wand. „Sollen wir uns auf den Weg machen?"

Ich nickte und stand auf, um mir nochmal die Haare zu richten. „Ich komme sofort."
„Alles gut, lass dir ruhig Zeit. Der Abend ist noch lang."

Aiden

Nach dem Abend stieg meine Aufregung immer weiter an, weil ich es einfach nicht mehr abwarten konnte. Ich machte mir seit Tagen Gedanken über den nächsten Schritt. Ich hatte etwas vor, was bedeutend für die Zukunft sein wird. Dennoch entschied ich mich für Anima als den perfekten Ort, auch wenn es dort nicht immer einfach für uns war. Anima blieb uns nicht immer positiv in Gedanken, sei es durch die schlimmen Momente oder der Angst vor dem Unwissen. Doch wir hatten trotzdem viele Momente erlebt, die uns niemand nehmen konnte.
Ich wollte der Welt ein positives Ende setzen. Ein gutes Ende, dass uns für immer in Gedanken bleiben würde. Noch bevor Amelia die Aufgabe als Fee annehmen musste.

Amelia

Ich schloss die Ladentür ab. Als ich rausschaute, riss ich überrascht die Augen auf. Aiden stand mit seinem Auto vor der Tür.
Kathie war längst nach Hause gegangen, und ich verließ eigentlich die Buchhandlung immer durch einen Hinterausgang.

Verwirrt schloss ich die Tür wieder auf und ging hinaus. Ich lief auf sein Auto zu und Aiden fuhr das Fenster runter. „Hallo, meine Seele. Steig ein."

Ich öffnete die Tür und setzte mich in das Auto. „Was hast du vor?" Ich gab ihm einen Kuss und schnallte mich an.

„Das wirst du sehen, wenn wir da sind."

„Du machst mir Angst." Ich lachte und legte meine Tasche in den Fußraum. „Fahren wir lange?"

Er schüttelte den Kopf und fuhr los. „In unsere alte Heimatstadt."

„Was wollen wir denn dort?"

Er sagte eine Zeit lang nichts und sah mich auch nicht an. „Wirst du sehen."

Die Antwort brachte mich keinen Schritt weiter. Meine Neugier war viel zu groß für solche Worte. Ich hörte sie wirklich nicht gerne. Am liebsten hätte ich mir gewünscht, dass er alles sagen würde, doch er verhielt sich verschlossen.

„Wenn wir jetzt spontan einen Besuch bei irgendjemandem abstatten, bin ich nicht vorbereitet. Wir fahren auch hoffentlich nicht in einen Spontanen Urlaub. Wir haben Samstag, Aiden."

„Mach dir keine Gedanken. Es wird alles gut. Wir werden nur zu zweit sein."

„Warum fahren wir dafür in unsere alte Stadt?"

An einer roten Ampel drehte er sich schmunzelnd zu mir und fasste sich an das Kinn. „Amelia, ich weiß du bist sehr neugierig, aber du musst dich gedulden."

Ich rutschte vor Aufregung auf dem Sitz hin und her. „Kann ich aber nicht."

Er lachte. „Ich weiß. Wir sind ja fast da."

Ich sah aus dem Fenster. Ich kam normalerweise nur hier her zurück, um meine Eltern zu besuchen.

Wir fuhren an Gebäuden vorbei, an denen ich fast jeden Tag in der Vergangenheit langlief und es löste Nostalgiegefühle in mir aus.

Er bog nicht in die Richtung ab, wo es zu unseren Eltern ging. Wir fuhren auf die Innenstadt zu.

Wo will er hin?

Nein, wir fuhren weiter. Weiter Richtung Park.

Der Park ...

„Wollen wir in den Park? Das hättest du mir ruhig sagen können."

Er sah mir in die Augen. „Wir sind nicht wegen dem Park hier."

Ich runzelte die Stirn. „Und wieso parkst du dann hier? Du verwirrst mich, Aiden."

Er lächelte nur.

Ich schnallte mich ab und er stieg schon aus und kam an meine Tür, um sie zu öffnen. Er hielt mir die Hand hin und ich stand auf. Mir fiel plötzlich etwas ein und ich drehte mich um. „Ich habe meine Tasche vergessen. Warte kurz."

„Die brauchst du nicht."

Ich wandte mich ihm wieder zu. „Nicht?"

„Nein. Wir gehen nirgendwo hin, wo du sie brauchst."

Ich atmete lachend aus. „Du machst mich fertig."

Ich nahm seine Hand und er ging ... in den Park. „Aiden? Ist wirklich alles gut?"

„Alles bestens." Er schaute mich dabei nicht mal an. „Mach dir keine Sorgen."

Die machte ich mir aber, leider.

Als wir an einer bestimmten Stelle abbogen, wurde mir etwas klar. „Gehst du gerade ... nein, oder? Wir gehen doch nicht zu unserem Rosenbusch von damals."

„Vielleicht. Du wirst schon sehen."

Arhh. Ich hasse Anspannung ...

„Du sagst, dass du nicht auf Klischees stehst. Also habe ich mir etwas ganz besonderes überlegt."

„Aha. Der Ort für deine Überraschung ist der Rosenbusch? Ein Picknick?"

„Nein."

Hm?

Aiden

Als wir an dem Rosenbusch waren, konnte ich sie nicht länger auf die Folter spannen. Ich hielt es nämlich auch nicht länger aus.

„Aiden, was hast du vor?" Sie schmunzelte mich fragend an und ich nahm auch noch ihre andere Hand und sah sie an. „Du musst mir einfach vertrauen. Sag den Spruch mit mir. Bitte."

„Den Spruch? Du meinst. *Anima nos coniungit*?"

„*Anima nos coniungit*", sagte ich gleichzeitig, damit es schneller ging. Sie konnte nicht wissen, dass das ein Trick war.

Wir landeten in der Welt und es war glücklicherweise nichts passiert. Der Hügel, auf dem wir unseren ersten Kuss hatten, lag unter unseren Füßen.

„Aiden."

„Vertrau mir." Ich hielt noch immer ihre Hände und schmunzelte. Die Sonne lag hinter mir, was Amelias Augen zum Leuchten brachte. Sie waren auch ohne Sonne wunderschön, doch für diesen Moment waren sie einfach nur perfekt.

„Amelia, mein Herz, meine Seele", begann ich. „Als wir uns das erste Mal begegneten, war es dein zweiter Schultag und mein erster. Unser erstes Gespräch entstand durch einen kleinen Vorfall auf dem Schulhof, nicht der beste Anfang, aber unsere Geschichte dreht sich um Vorfälle und es gehört auch zum Leben dazu. Wir wurden lediglich für ein Referat eingeteilt und haben uns nichts Großes dabei gedacht. Zumindest tat ich das. Als dann Rose, also deine Mutter, vor uns auftauchte, konnte ich den Moment nicht begreifen und blieb sprachlos. Das werde ich niemals vergessen, denn wenn das nicht passiert wäre, würden wir hier nicht stehen und die Zukunft sähe vermutlich anders aus. Dieses Geheimnis kann uns keiner nehmen, denn wir sind Teil der Geschichte." Ich machte eine kurze Pause. Amelia fing an zu strahlen, doch sagte nichts.

„Du hast dich auf die Reise mit mir nach Anima eingelassen, ohne mich richtig zu kennen oder zu wissen, was uns genau erwarten wird. Ich habe mich jeden Tag, den wir gemeinsam verbracht haben, immer ein bisschen mehr in dich und deinen Charakter verliebt. Du hast mir mit jedem Tag gezeigt, was für ein wundervoller und liebenswerter Mensch du bist. Amelia, du bist mutig und wunderschön. Wenn ich in deine Augen schaue, verliere ich mich in ihnen und will am liebsten nie wieder raus. Wie jetzt auch. Du bist für mich eine Rose im Sonnenblumenfeld. Wundervoll und einzigartig. Acht Jahre, die wir gemeinsam verbracht haben. Diese Jahre waren für mich die schönsten. Ich habe durch dich gelernt, wie wichtig Dinge wie Freundschaft sind. In deiner Gegenwart habe ich mit meinem Herzen gehandelt. Meine Gedanken, die ich früher über Freundschaften hatte, habe ich jedes Mal ausgeblendet. Damals in meiner früheren Klasse hätte ich mir nicht vorstellen können mit einem Mädchen, vor allem einem Mädchen wie dich, befreundet zu sein und mich dann in sie zu verlieben. Aber Menschen können sich ändern, wenn sie Dinge realisieren. So war es bei mir. Ich habe realisiert, was Freundschaft wirklich bedeutet. Einander zu vertrauen, gemeinsam Spaß zu haben und immer den anderen zu unterstützen, wenn er die Hilfe benötigt. Zusammenhalt, Mut und Geborgenheit. Du hast mich zu einem besseren Aiden gemacht. Deine Zeit mit mir verbracht und mit mir ein Abenteuer erlebt."

„Aiden, ich ..."

„Warte." Ich lachte sanft und sah ihr weiter in die Augen. „Wir sind Seelenverwandte, Amelia. Ein größeres und wertvolleres Geschenk hätte uns dieses Schicksal niemals geben können. Der Abend, nach dem wir von unserem Glück erfuhren, ... ich hatte große Angst vor dem ersten Schritt. Doch hätte ich es nicht getan, wäre es vielleicht niemals zu diesem Moment gekommen." Ich trat einen Schritt zurück und griff in meine Hosentasche. „Und glaub mir, ich habe dir in meinem ersten Brief an dich, an unserem sechzehnten Geburtstag, geschrieben, dass ich, wenn du das liest, der glücklichste Junge der Welt sein würde und das war ich. Als ich realisierte, dass du ihn bald lesen kannst, konnte ich nicht noch glücklicher sein. Und dieses Gefühl will ich noch einmal erleben, weil es unbeschreiblich gut war. Und ich habe mich ganz bewusst für diesen Ort entschieden, Anima, weil hier so viele Erinnerungen entstanden sind. Erinnerungen an uns."

Mir floss eine Träne über die Wange. Amelia begann zu weinen und ihre Hand zitterte. Unsere Haare flogen im Wind und mein Blick war weiterhin auf Amelia gerichtet. Ich zückte eine kleine Schachtel und ging auf die Knie.

„Jetzt fehlt mir nur noch diese eine Frage, Amelia." Ich öffnete die Schachtel. „Willst du meine Frau werden, mit mir dein Ziel verfolgen, welches du mir vor acht Jahren erzählt hast und für den Rest deines Lebens die bessere Hälfte meiner Seele sein?"

Danke

Ein großer Dank geht an meine Lektorin Annika Schuster. Ohne dich, Annika, wäre die Geschichte nicht so wie sie jetzt ist. Ich habe während des Lektorats viel dazu gelernt und vieles aus einer anderen Perspektive betrachten können.
Ich danke meiner Familie für die Unterstützung und den Glauben an mich.
Meinen Freunden hätte ich natürlich sehr gerne gedankt, nur wusste bis zur Veröffentlichung nicht mal eine einzige Freundin davon ... :)
Das ist aber kein Grund dafür, euch hier nicht zu nennen. Gaaaanz viele liebe Grüße gehen an:
Wioletta L., Natalie G., Lena F., Leonie R., Esther R., Alina E., Enya M. und auch an Luis E. und Atahan.

Wio, du fragst dich wahrscheinlich, warum ich dir einen Text schreibe, obwohl du, wie jede/r andere absolut gar nichts von meinem Buch wusstest, aber es gab tatsächlich einen Moment, wo du eine Nachricht gesendet hattest, die wie folgt lautete:

 Du wirst Schriftstellerin (9. Dezember 2022)

Zu dem Zeitpunkt war ich auch schon mit meinem Manuskript beschäftigt und es hat mich natürlich umso mehr gefreut, dass du schon einen kleinen unbewussten Riecher hattest, auch wenn du es nur lustig meintest, als ich dir meine Geschichten aus der Grundschule vorgelesen hatte. :)

Natalie, im Oktober 2022 ist auch etwas passiert, wo ich mich zusammenreißen musste. Als du mich gefragt hast, ob ich ein Buch schreibe, als ich ankündigte, eine Überraschung zu haben. Ich habe natürlich *Nein* gesagt, was gelogen war. Tut mir leid, aber ich musste es einfach noch für mich behalten. Jetzt weißt du es ja. :)

Luis, gerade du solltest dich wundern, wieso ich dir einen Text schreibe. Aber du hättest beinahe als erster von meinem Buch erfahren. Du fragst du wie und wann? Als du in meine Fotogalerie bei Snapchat gegangen bist ... (Während des Ausfluges in zur Burg) dort hatte ich zu dem Zeitpunkt einige Fotos von meinem Manuskript gehabt, aber du hast zum Glück nichts sehen können. Ich hatte einen kurzen Schock und dachte mir, jetzt ist es vorbei, aber du hast nichts gemerkt.

Atahan, es tut mir unglaublich leid, aber als wir über das Thema „Ein Buch schreiben" gesprochen hatten, war ich schon fünf Monate an meinem Manuskript, ich habe nur so ahnungslos getan, um zu sehen, wie deine Erfahrung damit ist. Ich habe deine Tipps zu Herzen genommen, nur wusste ich längst von ihnen. Als ich dann noch erfuhr, dass du eine Geschichte zum Spaß schreibst, wollte ich natürlich auch wissen, wie deine Charaktere heißen. Als du dann „Amelia" gesagt hast, haben alle meine Alarmglocken geläutet, aber ich habe entspannt reagiert. (Innerlich habe ich mich sehr aufgeregt ... :) Aber du konntest ja nichts dafür.). Ich dachte mir nur: „Wie groß kann der Zufall eigentlich noch sein? Warum ist es ausgerechtet *Amelia*?
Du hättest in dem Moment, als ich davon erfuhr in meinen Kopf schauen müssen. Es wäre so lustig gewesen, wenn ich es dir direkt

gesagt hätte, aber das ging leider nicht. Ich hätte es dir sehr gerne erzählt, nur wollte ich es von Anfang an geheim halten.

Meine Klasse darf ich natürlich auch nicht vergessen.
(Ich habe die Geschichte mit 14 angefangen zu schreiben und mittlerweile bin ich 15 Jahre alt.)
Auch wenn euer Name nicht aufgetaucht ist, dürft ihr euch jetzt angesprochen fühlen. Viele Grüße gehen an alle aus der 9b!

Ich schätze euch, meine Freunde, alle, auch wenn ihr nur bei Namen genannt wurdet. Ich hoffe euch gefällt meine Geschichte.
 Ich bin auf eure Meinung gespannt!

Für weiteres könnt ihr mir gerne auf Instagram folgen:
@edasaltrk

Lektorat:
@lektoratwortwind